MENSCHEN
WIE DU & ICH

Sandra Schmid und Sandra Bühler

Stämpfli Verlag

♥

VORWORT

Der Mensch – ein eigenartiges Geschöpf. Wir streiten und lieben. Hassen und vergeben. Verurteilen und machen Fehler. Dabei sind wir im Grunde alle gleich. Zwar weiss, braun, schwarz, breit oder schmal. Mann, Frau oder beides. Doch wir alle benötigen Luft und Wasser, um zu überleben. Liebe, um nicht zu verkümmern. Wir besitzen ein Herz, das schlägt, und sterben, wenn es stillsteht. Eigentlich banal: Wir sind geboren, um auf der Welt zu sein und sie irgendwann wieder zu verlassen. Uns hat niemand gefragt, wo wir leben möchten, wir sind einfach da, wo wir sind. Im Glück oder Unglück. Umgeben von Liebe oder Hass, Reichtum oder Armut. Diese Umstände beeinflussen die Weise, wie wir unser Leben führen. Die Art, über die wir diskutieren und uns dann streiten. Doch sind wir nicht alle fähig, Dinge zu tun, die wir unter normalen Umständen niemals tun würden, die aber über unser Leben entscheiden? Würden wir nicht alle töten, wenn es keinen anderen Ausweg mehr gäbe?

Viele Menschen, die unter widrigsten Umständen leben müssen, werden verurteilt und ignoriert. Es scheint in uns verankert zu sein, innert Sekundenbruchteilen ein Urteil zu fällen. Uns eine Meinung über jemanden zu bilden, den wir nicht einmal kennen. Über die Lebensweise und das Auftreten des Gegenübers. Jeder macht es, oft ohne es überhaupt zu bemerken. Dabei ist im Grunde jedes Urteil auf sich selbst zurückzuführen: Es sind unsere eigenen Erwartungen. Es ist unser Bild von Normalität. Unsere Realität.
Auch wenn wir unterschiedlich leben und völlig anders zu sein scheinen; am Ende streben wir doch alle nach demselben. Wir wollen zufrieden sein, Freude erleben und Schmerz vermeiden. Wir möchten respektvoll behandelt und ernst genommen werden. Wieso hören wir uns nicht gegenseitig zu, bevor wir schubladisieren?

In diesem Buch möchten wir einigen Menschen und ihrer Einzigartigkeit Beachtung schenken und ihnen eine Stimme verleihen. Manch ein Leser mag sich in der einen oder dem anderen wiedererkennen. Niemand ist alleine. Jeder hat seine Geschichte. Ich meine, du deine. Und sobald wir aufhören, andere zu verurteilen, und ihnen stattdessen zuhören, erkennen wir, wie individuell und doch gleich wir alle sind. Ob in Afrika, Amerika, Europa oder Asien: Wir leben an unterschiedlichsten Orten unter komplett anderen Bedingungen, jedoch am Ende sind wir alle Menschen wie du und ich.

Sandra Schmid, Sandra Bühler
im April 2018

STEVE, 48
20. DEZEMBER 2015, BOCAS DEL TORO, PANAMA

Ich war siebzehn Jahre alt, als mir bewusst wurde, wie kurz das Leben sein kann. Mein Vater ist mit neununddreissig an Knochenkrebs gestorben. Nach seinem Tod habe ich begonnen, jeden Moment meines Daseins bis zum Limit auszukosten. Ich wollte mich lebendig fühlen, jagte Abenteuern hinterher und suchte den Adrenalinrausch. Diesen fand ich im Fallschirmspringen.

Ich stürzte mich mehrere tausend Mal aus dem Flugzeug, bis der Reiz verflogen war. Aufregender schien mir plötzlich Basejumping zu sein, der Sprung aus sehr viel geringerer Höhe in die Tiefe.

Nach meinem ersten Sprung von einem Hochhaus wurde ich verhaftet und landete auf einer Überwachungsliste. Von den Dächern zu springen, war illegal. Doch ich brauchte diesen Kick. Den ultimativen Rausch verspürte ich jeweils nachts, zuoberst auf den Gebäuden. Die Wolkenkratzer in Los Angeles eigneten sich perfekt dafür. Ich setzte mich auf die äusserste Kante und wartete, bis keine Polizei mehr in Sicht war und die Verkehrssignale auf Rot stellten. Dieser Moment kurz vor dem Sprung war der schlimmste. Der schnelle Herzschlag und die unbändige Angst, die man in diesem Moment spürt, kann man nicht in Worte fassen.

Es ist eine Sucht. Es geht darum, die Kontrolle über sich selbst zu erlangen und seine Angst steuern zu können. Manchmal möchte man der Erste sein, der springt, manchmal der Letzte. Ist der Erste unverletzt am Boden angekommen, fühlt man sich sicherer. Und doch möchte man nicht warten, man will es einfach hinter sich bringen. Einige Freunde von mir mussten sich vor jedem Sprung übergeben. Als Letzter alleine auf diesem Wolkenkratzer zu sein, war eine beängstigende Vorstellung. Nach den Sprüngen habe ich einige Tage gebraucht, bis mein Adrenalinspiegel wieder gesunken war.

Basejumping ist eine Extremsportart. Ein winziger Fehler kann über Leben und Tod entscheiden. Ein guter Freund ist dem Tod knapp mit einem gebrochenen Rücken entkommen. Nach seinem Unfall wollte ich aufhören. Es wäre der perfekte Zeitpunkt gewesen.

Doch die Sucht liess mich nicht los. Sechs Monate später bin ich von einer zweihundert Meter hohen Brücke gesprungen und durch eine Felsschlucht geflogen. Ich habe einen Baum gestreift und bin abgestürzt. Mein linkes Bein war komplett verdreht, mein Fuss zertrümmert. Ich wurde von einem Helikopter abtransportiert und ins Spital geflogen.

Ein ganzes Jahr lang sass ich im Rollstuhl, danach ging ich an Krücken. Die Ärzte versuchten mit allen Mitteln, mein Bein zu retten und meinen Fuss zu rekonstruieren. Erfolglos. Ein Leben, aufgeputscht mit Schmerzmedikamenten und eingeschränkt durch die Krücken, konnte ich mir nicht vorstellen. So beschloss ich, meinen linken Unterschenkel amputieren zu lassen. Diese Entscheidung war hart und entgegen dem Rat der Ärzte, doch ich wollte wieder alles unter Kontrolle haben.

Nach der Beinamputation bin ich wieder von Klippen, Brücken und Gebäuden gesprungen. Wieder war der Drang nach Adrenalin stärker als die Tatsache, dass mein gesundes Bein nicht mehr viele Sprünge verkraften würde. Irgendwann aber begriff ich: Ich muss ein neues Kapitel schreiben. Weg von Los Angeles, an einem Ort, wo es keine Hochhäuser gibt. So fand ich meinen Platz in Bocas del Toro, Panama.

Heute gehe ich auf einem Holzbein. Wie ein Pirat. Diese Rolle gefällt mir irgendwie. Ich habe meinen Fokus neu gesetzt, ein grosses Grundstück gekauft und mit meiner Frau Flying Pirates gegründet. Wir bieten unseren Kunden Touren auf Quads an, Abenteuer mit grossem Adrenalinkick. Mein Drang zu fliegen wurde schwächer, doch er schlummert noch immer in mir. Meine Fallschirmausrüstung besitze ich noch, doch ob ich sie jemals wieder brauchen werde, weiss ich nicht. Klar ist: Mein Leben soll Spass machen. In jedem möglichen Moment.

NATALIE, 27

2. NOVEMBER 2016, BLIKKIESDORP, KAPSTADT

Mit siebzehn war ich oft unterwegs. So auch in jener Nacht, als ich nach einer Party vergewaltigt wurde. Ich hatte Angst, jemandem davon zu erzählen, geschweige denn meine Eltern damit zu belasten. Die Leute um mich herum hätten wahrscheinlich gesagt, ich sei selbst schuld. Deshalb schwieg ich.

Ich war unglaublich wütend, fühlte mich schmutzig und war innerlich zerrissen. Ich fing an, Crystal Meth zu nehmen. Diese Droge ist wie eine Süssigkeit an jeder Ecke erhältlich. Sie machte mich aggressiv, unberechenbar und respektlos. Ich zerstörte Dinge und war unausstehlich zu meinen Eltern. Ich belog sie und verkaufte ihr Eigentum, um an das Geld für Drogen zu kommen. Mein Geheimnis frass mich innerlich auf.

Ich wurde krank. Nach etlichen Untersuchungen und Tests erfuhr ich, dass ich HIV-positiv bin. Mein Peiniger hatte mich angesteckt. Tausend Gedanken jagten durch meinen Kopf, ich hatte Todesangst und fühlte mich komplett verloren. Würde jemals wieder jemand in meine Nähe kommen, geschweige denn mich berühren?

Bei dem zerstörerischen Konsum von Crystal Meth war es dem HIV-Virus ein Leichtes, mein Immunsystem anzugreifen. Ich war derart geschwächt, dass ich mich nicht mehr bewegen konnte. Ich lag nur noch da, konnte nichts mehr richtig wahrnehmen, kaum noch atmen. Irgendwann nicht einmal mehr sprechen. Ich war nur noch Haut und Knochen. Es war jeden Morgen ungewiss, ob ich den Tag überleben würde.

Dann besuchte mich Viola von der Hilfsorganisation Hope Cape Town. Sie machte mir klar, dass, wenn ich sterben würde, meine Eltern kinderlos wären und um mich trauern

müssten. Und schliesslich wusste ich, wie schmerzhaft diese Trauer sein kann, denn mein Bruder war zehn Jahre zuvor auf offener Strasse erschossen worden. Die Gedanken, meine Eltern derart leiden zu sehen, erschreckten mich. Am Ende unseres Gesprächs sagte sie, dass sie mich wieder auf den Beinen sehen wolle, wenn sie das nächste Mal komme. Der folgende Aufenthalt im Spital war meine einzige Überlebenschance. Meine Familie und das Team der Hilfsorganisation besuchten, umarmten und küssten mich. Sie alle waren für mich da. Sie ermutigten und unterstützten mich, zurück ins Leben zu finden. «Das Leben ist nicht dazu da, den Weg alleine zu gehen, Natalie!»

Die darauffolgenden Monate sass ich im Rollstuhl. Oft versuchte ich, meine Beine auf den Boden zu stellen, ihn zu spüren. Ich wollte laufen, einfach nur zur Toilette und zurück. Keine Chance.

Meine Mutter motivierte mich, zu trainieren, um wieder gehen zu können. Ich sollte eine Inspiration für die Menschen im Township Blikkiesdorp sein. Ich sollte beweisen, dass man gegen diese Krankheit kämpfen kann.

Es war an einem Mittwochabend, die Krankenschwestern waren bereits fort, als mich eine unglaubliche Kraft überkam: ein, zwei Schritte. Es war ein Wunder. Ich konnte gehen! Die Medikamente schlugen an, und meine Kur hatte sich gelohnt. Ich war überglücklich.

Als mich Viola nach einem Jahr wieder besuchte, sah sie, wie ich laufen konnte. Auf meinen eigenen Beinen. Ich habe ihren Wunsch erfüllt.

FELICIA, 45

14. NOVEMBER 2015, POTOSÍ, BOLIVIEN

Ich war sechzehn, als ich den Bruder meines Schwagers heiratete. Meine Schwester, damals fünfundzwanzig, fälschte meine Ausweise, damit ich auf den Papieren volljährig und somit heiratsfähig war. Es gab nur uns zwei, und sie hatte das Sagen, duldete keinen Widerspruch. Zu diesem Zeitpunkt war ich zu jung, um für mich selbst einzustehen. So verliess ich mein Zuhause für einen Mann, den ich nicht wollte, und reiste von La Paz nach Potosí. Meine Schwester sah ich nie wieder.

Nach einer Weile fand ich mich mit meinem arrangierten Leben ab. Die ersten Jahre waren in Ordnung. Bereits nach einem Jahr kam unser Sohn zur Welt. Sechs weitere Kinder folgten.

Doch dann veränderte sich mein Mann: Erst waren es Beleidigungen, dann Schläge und Tritte. Immer und immer wieder. Er war Alkoholiker, bereits frühmorgens sturzbetrunken. Unkontrolliert und aggressiv. Ich wollte fliehen, doch ich war auf ihn angewiesen. Ich hatte weder einen Rückhalt noch mein eigenes Geld. Ich sah keine Möglichkeit, unsere sieben Kinder alleine durchzubringen. Mit jedem Jahr wurde er schlimmer. Im ständigen Alkoholrausch, zu faul für die Arbeit. Unser letztes Geld verschwendete er für den Schnaps. Und seine Angriffslust wurde immer stärker: «Ich bringe dich um! Ich bringe dich um! Zuerst dich und dann die Kinder!» Er verprügelte unseren ältesten Sohn. Ich sah keinen Ausweg mehr und meldete diesen Vorfall der Polizei. Sie zwangen ihn, die Scheidungspapiere zu unterzeichnen.

Die folgenden Monate waren die schlimmsten. Als alleinerziehende Frau ist es schwierig, hier zu überleben. Ich hatte kein Geld, konnte weder Brot noch Wasser kaufen. Kilometer weiter entfernt gab es einen Tümpel, wo sich Regenwasser ansammelte. Ich musste diesen langen Weg zu Fuss auf mich nehmen, um nicht zu verdursten. Das Wasser dort war verschmutzt, doch unsere Mägen waren zum Glück widerstandsfähig. Am Abend sass ich am Strassenrand in der Stadt und bettelte für Geld oder Brot. Ich fühlte mich schmutzig, wertlos und erniedrigt. Doch ich hatte keine Wahl. Ich brauchte Essen für die Kinder und mich.

Nach einem Jahr fand mein ältester Sohn Arbeit in den Minen von Potosí. Ein harter Job für wenig Geld. Kurze Zeit später erhielt ich das Amt der Minenwächterin. Zusammen konnten wir uns langsam zurück ins Leben kämpfen.

Heute wohnen wir alle neben den Minen in einer kleinen Behausung. Seit einem Jahr erhalte ich sogar Wasser von der Gewerkschaft. Noch immer kämpfe ich mit Geldproblemen, doch Monat für Monat geht es bergauf. Seit der Scheidung sind nun acht Jahre vergangen. Meinem Ex-Mann laufe ich noch selten über den Weg, doch heute habe ich keine Angst mehr. Er wirkt alt und gebrechlich. Und ich fühle mich stark.

In meinem Leben drehte sich alles um Geld. Ich war Investmentbanker der May Davis Group, gierig, egoistisch, kalt und ungeduldig. Ich arbeitete sechzehn Stunden täglich und wollte immer noch mehr Geld.

Es war Dienstag, der 11. September 2001. An diesem Morgen habe ich mit meiner damaligen Freundin gestritten und meine Wohnung verlassen, ohne mich von ihr zu verabschieden. Ich sass an meinem Pult im 87. Stock des nördlichen Turms des World Trade Centers und schaute aus dem Fenster zur Freiheitsstatue. Plötzlich gab es einen lauten Knall. Das Gebäude schwankte zur Seite, so fest, als würde es umkippen, und dann wieder zurück. Ich klammerte mich an meinem Schreibtisch fest, als ob ich auf einer Achterbahn wäre. Es war unheimlich und beängstigend – und danach auf einmal ruhig.

Wir waren vierzehn Personen in unserem Büro. Niemand wusste, was passiert war. Das Mobilfunknetz war lahmgelegt, der Alarm blieb aus. So verharrten wir vorerst, wo wir waren. Nach fünfzehn Minuten drang Rauch ins Büro. Wir gingen ins Treppenhaus, kämpften uns in einer Menschenschlange Stock für Stock nach unten. Die Stimmung war ruhig, von Panik nichts zu spüren. Irgendwann kreuzten wir die ersten Feuerwehrleute auf ihrem Weg nach oben. Sie sprachen von einem Flugzeug, einer Kollision, einem Terrorakt. Auch dass der Südturm getroffen worden sei.

Nach etwa einer Stunde kamen wir unten in der Lobby an, mitten in ein unsägliches Chaos. Immer wieder rannten Feuerwehrmänner an uns vorbei, immer wieder knallte es. Ich schaute nach draussen und sah Menschen auf dem Boden aufschlagen. Hoffnungslose, die dem Feuer der obersten Etagen entfliehen wollten. Überall Blut, Körperteile, Tote. Ein halbierter Körper in einem leuchtend gelben Kleid. Das Kleid, das mich auch heute noch in meinen Gedanken verfolgt.

Mein erster Schritt nach draussen war gleichzeitig der Moment, in dem das Gebäude anfing einzustürzen. Wie ein heranratternder Zug, der immer näher kommt. Viel zu schnell. Keine Zeit zu entfliehen. Der Südturm krachte zusammen. Ich wurde von einer dichten Staubwolke eingehüllt. Die Sirenen, die Schreie, die Panik, alles war plötzlich verstummt.

Es war dunkel, ich konnte weder sehen noch atmen. Für einen Moment dachte ich, ich sei tot. Dann setzten die Geräusche wieder ein. Die Menschen haben gehustet, geschrien, geweint. Ich lief ziellos umher, dann stürzte auch der Nordturm ein. Ich suchte nach meinen Arbeitskollegen. Fast alle sind dem Tod entkommen. Nur Harry, unser Freund und zweifacher Vater, blieb zurück. Er entschied sich, einem Verletzten im Treppenhaus zur Seite zu stehen. Ich habe mich immer wieder gefragt, wieso ich Harry nicht überredet habe, mit uns das Gebäude zu verlassen. Oder wieso nicht ich bei dem Verletzten geblieben bin.

9/11 – nach diesem Tag wusste ich, dass mein Leben nie mehr dasselbe sein würde wie zuvor. Ich weinte ununterbrochen. Der Schock, die Furcht, die Wut, die Schuldgefühle: Alles kam auf einmal. Eine lange Zeit konnte ich kein Flugzeug betreten und hatte Mühe, in einer U-Bahn zu sitzen. Überall, wo ich keine eigene Kontrolle hatte, geriet ich in Panik.

Die Bilder von damals verfolgen mich auch heute noch, und die Geräusche der auf dem Boden aufprallenden Menschen bringen mich um den Schlaf. Immer wieder quält mich die «Überlebensschuld». Feuerwehrmänner, Polizisten, Sanitäter: Viele Helden haben ihr Leben verloren. Menschen, die die Gefahr einschätzen konnten und dennoch versuchten, andere Leben zu retten. Vielleicht hätte auch ich jemanden retten können.

Das Flugzeug schlug damals sechs Stockwerke über unserem Büro in das Gebäude ein. Achtzehn Meter trennten uns vor dem sicheren Tod. Bis zu diesem Zeitpunkt glaubte ich, zu wissen, wie das Leben spielt. Und jetzt? Wenn ich zum Ground Zero komme, muss ich jedes Mal weinen. Ich sitze auf einer Bank, atme tief ein, und mir wird wieder bewusst, wie kostbar das Leben ist. Geld ist zweitrangig geworden. Ich arbeite noch immer viel, jedoch deutlich weniger als früher. Ich kümmere mich mehr um meine Mitmenschen, spreche über meine Gefühle und versuche anderen zu helfen, so gut es geht. Und wenn ich heute das Haus verlasse, gebe ich meiner Frau einen Kuss, im Wissen, dass jeder Tag der letzte sein kann.

DIONNE, 30
17. JANUAR 2015, ZÜRICH

Als ich noch sehr klein war, stritten sich meine Eltern oft. Mein Vater – ganz anders als meine Mutter – war Abenteurer und Lebenskünstler. Irgendwann ging er und kam nicht mehr zurück. Erst mit fünfzehn habe ich ihn kennengelernt. Wir führten gute Gespräche und entdeckten einige Gemeinsamkeiten. Ich mochte ihn sehr. Doch dann, nur zwei Jahre nach unserem ersten Treffen, versagte sein Herz plötzlich. Ich war unendlich wütend auf ihn. Kaum kennengelernt, verliess er mich wieder. Diesmal für immer.

Später, mit neunzehn, hatte ich nur eines im Kopf: feiern und abtauchen. In eine andere Welt. Unbeschwert und losgelöst. Mein damaliger Freund handelte mit Drogen und kokste. Ich wollte spüren, wie er sich fühlte, wenn er high war, wollte erfahren, weshalb er diese Drogen konsumierte. Ich liess sie in meinen Körper. Und es gefiel mir.
Meine jamaikanische Mutter, eine Bankangestellte, hatte mich streng erzogen. Ihr entging mein negativer Lebenswandel nicht. Ich ging weg von zu Hause und blieb fort. Mein Freund war arbeitslos und hatte Probleme, die sich immer mehr in unserer Beziehung bemerkbar machten: Er war gewalttätig und behandelte mich miserabel. Trotzdem liebte ich ihn.
Dann wurde ich schwanger, ungewollt, viel zu jung, mit noch nicht mal zwanzig. In meiner Verzweiflung wollte ich zuerst abtreiben. Doch ich entschied mich für das Leben. Eine grosse Verantwortung.
Innerhalb eines Jahres wurde ich erwachsen. Meine Freunde feierten weiter, ich blieb zu Hause. Ich war gezwungen, mein Leben umzukrempeln – und meine erste grosse Liebe zu verlassen. Die Trennung von ihm brach mir das Herz, doch ich hatte für ein Kind zu sorgen. Sein Lebensstil, dominiert von Drogen und Gewaltdelikten, brachte ihn danach für acht Jahre ins Gefängnis.

Mein Sohn Davin wurde zum Mittelpunkt meines Lebens. Ich verspürte einen unglaublichen Stolz. Er gab mir Kraft und Lebensfreude. Alte Verlangen und Gefühle wurden auf einmal nichtig.
Ein halbes Jahr nach der Geburt besuchte ich mit Davin seinen Vater im Gefängnis. Es kostete mich viel Überwindung, doch das Gefühl, ohne Vater aufzuwachsen, kannte ich zu gut. Mein Sohn sollte die Chance haben, seinen Vater kennenzulernen und selbst zu entscheiden, welche Beziehung er zu ihm haben wollte.
Ich hatte immer die romantische Vorstellung einer Familie mit Haus und Kind. Lange schien dies unrealistisch. Dann lernte ich meinen Mann Sam kennen. Davin nennt ihn Dad, seinen leiblichen Vater beim Namen. Zu ihm habe ich heute ein gutes Verhältnis, Davin soll nicht mit Streit aufwachsen. Wir sind eine Patchworkfamilie, die gut funktioniert.

Das Leben steckt voller Prüfungen. Es geschehen Dinge, die man im Moment vermeiden möchte. Doch genau diese machen uns aus und können zugleich die schönsten Geschenke sein. Viele haben mich verurteilt, als ich schwanger wurde. Davin zu bekommen, war jedoch das Beste, was mir passieren konnte. Er hat mich wachgerüttelt und meinem Leben wieder einen Sinn gegeben.

THOMAS, 48
20. OKTOBER 2015, HOLLYWOOD, LOS ANGELES

Jedes Kind ist kreativ. Und Kreativen sollte man keine Hindernisse in den Weg legen. Als Künstler muss man sich frei fühlen. Man muss fliegen können.

Schon als ich klein war, verbrachte ich viel Zeit draussen in der Natur. Ich sammelte Blätter in den verschiedensten Formen und Farben, untersuchte ihre Strukturen und prägte mir alles ein. Zu Hause studierte ich den Atlas mit den Tausenden von feinen Linien, den Seen, Strassen und Bergketten. Ich realisierte, dass das Leben nicht geradlinig ist. Es hat unzählige Bahnen, die man nehmen kann – ich wollte sie alle auskundschaften. Mein Interesse war riesig. Ich wollte vieles, am liebsten alles miteinander. Einige meinten, ich sei zu verträumt, aus mir werde nichts.

Ich verliess Deutschland, kam nach Los Angeles, gründete mein eigenes Kunstatelier – und erntete grossen Erfolg mit meiner Arbeit.

Viele Menschen fragen mich, wie meine Ideen entstehen: Ich fühle die Natur. Sie erzeugt die schönsten Strukturen und erzählt die spannendsten Geschichten. Ich schaue in den Himmel und entdecke Kreaturen. Ich breche bekannte Formen und kreiere neue. Ich betrachte das Meer und erfinde Geschichten dazu. Ich schaue über den Horizont hinaus und beginne zu träumen. Manchmal verweile ich stundenlang draussen. Meine Ideen male ich dann auf.

Gelegentlich denke ich, die Menschen vergessen zu träumen. Sie haben Angst, loszulassen und frei zu sein. Sie verlieren das Kindhafte, das ihnen erlaubt, Farben zu spüren, Geschichten zu erfinden, durch die Wiesen zu hüpfen und zu träumen. Es kommt nicht darauf an, wie alt du bist; das Leben ist pure Liebe. Wenn du aufhörst zu träumen, hörst du auf zu wachsen.

Eine meiner besten Ideen hatte ich in New York im Central Park, als ich im Gras liegend den Himmel betrachtete und Hunderte Libellen vorbeifliegen sah. Daraus entstand das Erscheinungsbild des Restaurants Tao in Las Vegas. Ich durfte viele solcher Projekte gestalten – spannende, inspirierende, spezielle, aussergewöhnliche, mächtige, einzigartige und herausfordernde.

In meiner Arbeit konnte ich mich frei entfalten. Doch ich war einsam. Als Künstler lebte ich introvertiert, denn Träumer werden belächelt. Nach aussen war ich der Starke, der alles meisterte, der nie krank und immer gut gelaunt war. Ich war überzeugt, wenn ich meine Schwäche zuliesse, würde ich meine Stärke verlieren. Über Gefühle sprach ich nie.

Erst vor zwei Jahren lernte ich, dass dies falsch ist. Ein Bandscheibenvorfall bremste mich vollständig aus, kein Rädchen drehte sich mehr. Ich hatte enorme Schmerzen, und eine Operation barg das Risiko, gelähmt zu werden. Zum ersten Mal gab ich meinen Mitmenschen zu verstehen, dass es mir nicht gut gehe. Meine Freunde kamen von überall her, um mich zu unterstützen: ein unglaubliches Gefühl. Alle waren da. Ich realisierte, dass Schwäche zu zeigen Stärke bedeutet. Freundschaften, die ich seit Jahrzehnten pflegte, wurden dadurch intensiver und mein Leben sehr viel ehrlicher. Und auf einmal haben sich auch Menschen mir gegenüber geöffnet. Es hat sich herausgestellt: Sie hatten dieselbe Angst wie ich.

ANITA, 51

31. JANUAR 2015, FÜRIGEN, NIDWALDEN

Das Wasser kam als braune Wand, dreizehn Meter hoch. Was genau damals mit mir passiert ist, weiss ich nicht – dieser Moment fehlt in meiner Erinnerung.

26. Dezember 2004, Khao Lak, Thailand. Mein Mann Remo und ich waren in den Ferien und assen unser Frühstück am Strand. Plötzlich zog sich das Wasser ins Meer zurück. Am Horizont sah man, wie es sich aufbäumte, eine weisse Gischt. Ein gewaltiges Naturschauspiel. Ich wollte näher ran, um es anzuschauen.
«Renn um dein Leben!» Remo packte mich an der Hand, schrie, versuchte zu fliehen. Etwa dreissig Meter weit kamen wir noch, dann ergriff uns die Monsterwelle und riss uns den Boden unter den Füssen weg. Ich wurde durch Trümmer geschleudert, es gab weder oben noch unten. Ich verlor das Bewusstsein.
Als ich wieder zu mir kam, trieb ich auf einem Trümmerhaufen Richtung Landesinneres. Die Wucht der Wassermassen hatte mir die Kleider vom Leib gerissen. Wunden überall. Mit letzter Kraft fand ich Sicherheit auf einem Dach, überstand die zweite und dritte Welle.
Totenstille. Als wäre die Zeit stehengeblieben. Kein Mensch. Nirgendwo. Es war apokalyptisch, unheimlich. Ich fühlte mich komplett alleine. «Remo! Remo!» Keine Antwort. Als sich das Wasser zurückzog, sah ich die Leichen. Auf den Palmen, den Strassen, überall. Verzweiflung. Wo ist mein Mann? Dann versammelten sich erste Überlebende. Remo war nicht da. Wo ist er nur? Lebt er noch? Stunden später. Gestützt von einem Thai, schleppte er sich durch die Trümmer in meine Richtung. Schwer verletzt. Wie durch ein Wunder haben wir beide überlebt.

27. Dezember 2004, Khao Lak, Thailand. Der Tag danach. Die Sonne ging auf, und das Licht breitete sich aus. In diesem Moment wurde mir klar, dass die Erde sich weiterdrehte, als sei nichts gewesen.

Heute, über zehn Jahre nach dem Tsunami, gibt es noch immer Momente, in denen ich in Tränen ausbreche. Weshalb mussten so viele Menschen direkt neben mir sterben, und ich durfte mit meinem Mann überleben?
Mir wurde bewusst, dass wir nur Gast auf dieser Erde sind. Dass wir die Zeit, die wir hier haben, sinnvoll nutzen und die Werte im Leben richtig abwägen sollten. Heute lebe ich viel bewusster. Zeit ist relativ, deshalb trage ich keine Uhr mehr. Ich versuche, aus jedem Tag kurze Momente herauszuziehen, das Schöne zu geniessen. Auch kleine Dinge können eine grosse Bedeutung haben – wenn man ihnen diese zumisst. Du schreibst jeden Tag ein neues Kapitel deines Lebens. Wie dieses aussieht, bestimmst du zu einem grossen Teil selbst.

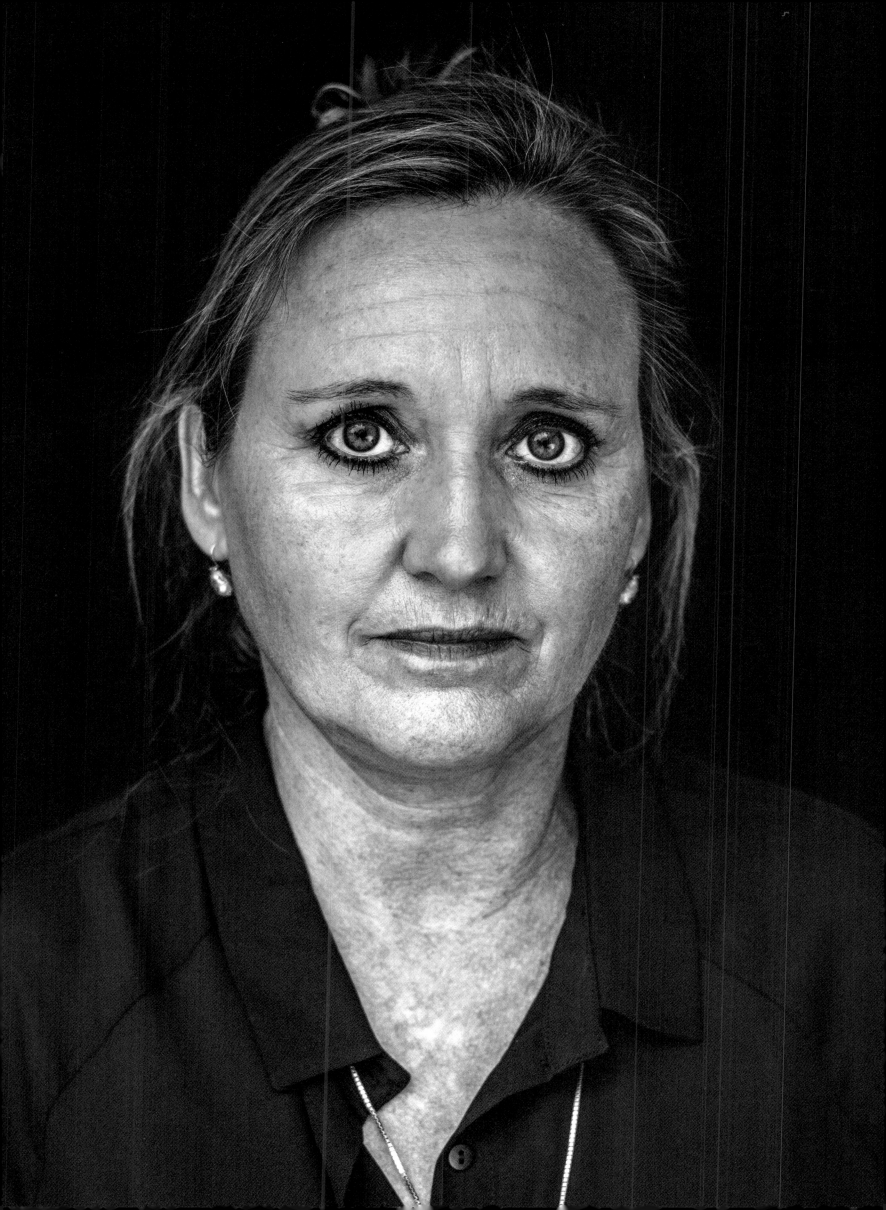

CARLOS, 46

Hollywood macht aus Männern Kämpfer, Maschinen, Roboter oder Superhelden. Aber das sind wir nicht. Und müssen wir auch nicht werden, um glücklich zu sein.

Früher drehte sich die Welt nur um mich. Als Künstler, Schauspieler und Musiker habe ich mein Geld mit Dingen verdient, die ich liebte. Ich gründete die Band Sens Unik, hatte Erfolg und reiste viel. Dann kam die Schauspielerei. Ich lernte interessante Menschen und eine Menge neuer Orte kennen, war zielorientiert, motiviert und fokussiert. Ich wollte besser sein. Wichtiger. Jeder Schritt und jede Entscheidung sollten mich weiterbringen. Menschen, die nur mittelmässig waren, begann ich zu verurteilen.

Meine Kindheit war einfach. Meine Eltern, Immigranten aus Spanien, arbeiteten hart, um in der Schweiz existieren zu können. Doch ich strebte nach mehr. Ich ging nach Hollywood und ergatterte eine Rolle in «James Bond». Mein Leben war gut. Alles war wunderbar. Doch ich begann, mich selbst zu verlieren. Ich fühlte den ständigen Druck, besser und stärker zu sein. Ist man zu schwach, fällt man zurück. Hollywood ist ein Ort, der Menschen erstrahlen lässt. Ich präsentierte mich gegenüber den anderen als überlegen, stark und schlau – und belog mich selbst. Ich besass viel, doch eigentlich nichts.

Meine Lebenseinstellung änderte sich durch die Geburt meines Sohnes. Von einem Tag auf den anderen wurde diese kleine Kreatur zum Mittelpunkt meines Lebens. Wichtiger als ich.

Kinder sind unbeschwert. Sie spielen, lachen und amüsieren sich ob den einfachsten Dingen. Sie leben im Jetzt, ohne nachzudenken, was sein wird. Ich realisierte, wie oberflächlich und vergänglich mein Job war. Wie egoistisch und arrogant ich selbst. Erst durch meinen Sohn wurde mir klar, dass es Menschen gibt, die ihr Glück finden, ohne Karriere gemacht zu haben. Ich merkte, dass genau diese Menschen das haben, was mir lange Zeit gefehlt hat: Zufriedenheit. So sind wir im Grunde alle einfach nur Menschen. Die Entwicklung meines Sohnes konnte ich nicht gleich kontrollieren und beeinflussen wie meine eigene. Meine Ängste und Zweifel liessen sich nicht länger unter einer Maske verstecken. Ich wurde sanft und zerbrechlich. Doch erlaubt man sich selbst, zerbrechlich zu sein, wird man stärker. Gerade für Männer ist das wichtig. Die Gesellschaft erwartet häufig, dass Männer stark sind – in jeder Situation. Aber Personen, die sich ihrer Schwächen bewusst sind und dazu stehen, sind doch stark.

Heute lebe ich anders. Ich bin mehr auf meine Fähigkeiten fokussiert, weniger auf meine Karriere. Es geht mir nicht mehr um den roten Teppich oder das Ziel, einen Oscar zu gewinnen. Wichtig ist, den bestmöglichen Job zu machen, in einem Film, der die Welt verändern kann. Ich habe einen Schritt zurück gewagt und meine Prioritäten neu gesetzt. Ich möchte morgens aufwachen und glücklich sein. Ich will ein grossartiger Vater sein und wünsche mir, diese Aufgabe richtig zu machen. Ich hoffe, dass mein Sohn mir eines Tages sagen wird, dass er glücklich und zufrieden mit dem Leben ist, das er hat.

EMANUEL, 53

Kaffer, Buschmann, Abschaum. Ich war der schwarze Bursche, Nummer fünf von dreizehn Kindern. Meine Kindheit verbrachte ich auf der Strasse und den unzähligen Farmen weisser Bauern. Doch als Familie hielten wir zusammen.

Mein Vater schuftete auf dem Feld und meine Mutter drinnen. Das Haus der Weissen zu betreten, war uns anderen strengstens verboten. Die Anwesen lagen abgeschieden, kilometerweit entfernt von der Zivilisation. Wir schliefen draussen auf der Wiese und beobachteten, wie sich Schlangen die Hühner schnappten. Am Abend haben wir jeweils ein kleines Lagerfeuer entfacht, um Pap zu kochen. Diesen weissen Maisbrei esse ich auch heute noch täglich, aus lauter Gewohnheit.

Meine zwei älteren Brüder arbeiteten auf dem Hof. Deshalb erlaubte mir der Herr des Hauses, in die Schule zu gehen. Um fünf Uhr dreissig musste ich los, damit ich pünktlich um acht dort war. Ich lief jeden Tag fünfzig Kilometer ohne Schuhe an den Füssen. Auf dem Weg haben sich jeweils die anderen schwarzen Schulkinder getroffen. Die Schulbusse der Weissen überholten uns langsam, damit uns die Kinder mit Abfall bewerfen konnten. Die Schule für die Schwarzen befand sich auf der anderen Seite des Flusses. Um diesen zu überqueren, mussten wir eine Menschenkette bilden und uns gegenseitig durch die Strömung ziehen. Kamen wir zu spät, wurden wir geschlagen.

An den Wochenenden musste ich auf den Feldern mit anpacken. Und als ich lesen und schreiben konnte, auch unter der Woche. Mehr Schulbildung wurde uns nicht zugestanden. Entlöhnt wurden wir für unsere Arbeit nie.

Viele Farmbesitzer waren Unmenschen: Die eine Besitzerin zwang mich, für zwei Wochen mit in ihr Winterhaus zu fahren. Es war bitterkalt. Ich hatte nur leichte Hosen und ein T-Shirt an und musste während Stunden auf der Ladefläche des Pick-ups sitzen. Nach der Fahrt konnte ich nicht mehr aufrecht gehen. Sie schlug mit einem Besenstiel auf mich ein und zwang mich, den Pick-up mit eisig kaltem Wasser zu putzen. Hätte ich mich gewehrt, hätte sie mich irgendwo auf der Strasse ausgesetzt. Ich war zwölf Jahre alt.

Während der Apartheid hatten wir keine Rechte. Die Weissen hatten wir respektvoll zu behandeln. Wir mussten uns vor ihnen verneigen und ihnen dienen. Brauchten sie uns nicht mehr, jagten sie uns von ihrem Anwesen auf die Strasse. Dort war die Gefahr noch grösser. Wann immer wir ein Auto kommen hörten, rannten wir davon. Einmal musste ich mit anschauen, wie meine Eltern von jungen Polizisten verprügelt wurden. Ich war unglaublich wütend, doch ich konnte nichts tun. Mein Vater erklärte mir, dass jeder seinen eigenen Kampf führen müsse. Als ich ihn fragte, wieso sie uns einfach schlagen dürften, sagte er: «Weil sie weiss sind.» Irgendwann akzeptiert man, dass man als Schwarzer so zu leben hat. Irgendwann denkt man, das sei normal.

Mit fünfzehn wurde ich beschnitten. Ich musste auf einen Berg und habe dort Menschen aus den Townships getroffen und gehört, dass eine grosse politische Bewegung im Gange sei. Ich wollte mehr erfahren und lauschte auf der Farm durchs offene Küchenfenster der Stimme aus dem Radio. Nelson Mandela. Black Power. Damals wussten wir noch nicht, was dies bedeutete.

Ich begann, Zeitungen zu lesen und immer besser zu verstehen, wie das Land funktionierte. Zuvor existierte nur «The Law». Dann wurde mir klar, dass die Regierung hinter all diesen Gesetzen steckte. Ich lernte, das grosse Ganze zu sehen, nicht die Weissen an sich zu verachten. Klar gab es jene, die es genossen, uns zu foltern und zu quälen. Die es liebten, an uns Macht auszuüben. Doch ich traf auch die Guten. Da war zum Beispiel dieses eine Paar, das zu mir sagte: «Emanuel, du solltest mit unseren Kindern spielen dürfen und frei wählen können, mit wem du dich abgeben möchtest. Doch unser Gesetz erlaubt es nicht.» Es war 1979. Diese Farm lag nicht weit weg von Kapstadt. Ich bekam die Erlaubnis, in der Stadt zu arbeiten, und verdiente sechs Rand [damals waren dies etwa zwölf Schweizer Franken] im Monat. Drei Jahre später, mit neunzehn, hatte ich genug gespart, um meine Familie von der Farm zu holen. Endlich waren wir frei.

Heute werde ich immer wieder gefragt, ob ich den Weissen gegenüber Hass verspüre. Doch wieso sollte ich? Ich möchte die Schuld nicht bei einzelnen Menschen suchen. Die Regierung hat versagt.

Zu Hause treffe ich jetzt meine eigenen Entscheidungen. Ich möchte, dass meine Kinder keinen Unterschied in der Farbe sehen. Sie sollen die Menschen akzeptieren, wie sie sind.

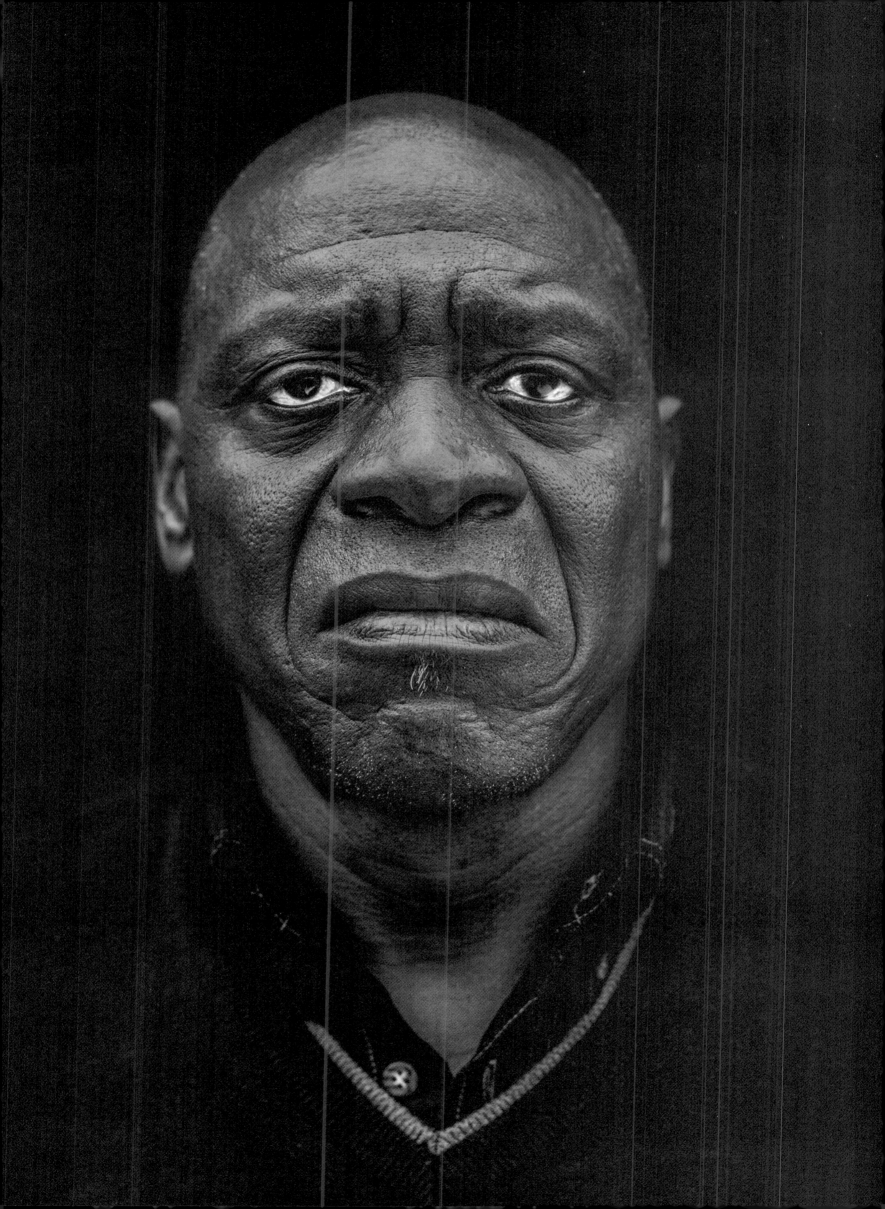

KATE, 26

Es war ein Freund meines Vaters. Ich war acht, als er mich zum ersten Mal missbrauchte; dreizehn, als ich mich endlich wehrte. Was er mir antat, konnte ich lange Zeit gar nicht einordnen. Ich war zu jung, zu schwach, zu machtlos. Ich habe alles über mich ergehen lassen. Fünf Jahre lang.

Als Kind und später als Jugendliche war ich dauernd auf der Flucht, in der Hoffnung, den Erinnerungen zu entkommen. Als ich endlich aufs College gehen konnte, verliess ich mein Zuhause. Sesshaft wurde ich jedoch nie. Ich brach die Schule ab und zog umher. Rastlos, von Ort zu Ort. Ich wollte unabhängig sein und frei, stattdessen fühlte ich mich einsam und leer.

Irgendwann bekam ich einen Modeljob angeboten. An eine Karriere dachte ich damals nicht. Angenommen habe ich ihn nur, weil ich ohnehin nicht wusste, was ich mit meinem Leben anfangen sollte. Ich landete in einem Model-Apartment in New York. Die ersten drei Monate konnte ich dort umsonst wohnen, um an Castings teilzunehmen. Doch das wollte ich gar nicht. Als sie mich rauswarfen, ging ich zur nächsten Model-WG, um weitere drei Monate kostenlos wohnen zu können. So ging es weiter, bis ich Nora traf. Sie war ein Model aus Deutschland und schenkte mir ein Selbsthilfebuch. Ausserdem brachte sie mir bei, meine eigenen Gedanken zu kontrollieren. Für mich als Neunzehnjährige war das die Wende. Es dämmerte mir, dass in meinem Leben bis anhin so einiges schiefgelaufen war. Innerhalb von zwei Jahren bin ich sechs Mal umgezogen, nirgendwo konnte ich Wurzeln schlagen. Ich lebte in meiner eigenen abstrakten Welt und war mir fremd. In der Hoffnung auf eine Veränderung ging ich zurück nach North Carolina, in meine alte Heimat.

Eines Abends, betrunken bei einer Freundin, buchte ich ein Einwegticket nach Los Angeles. Zwanzigjährig, fest entschlossen, mein Leben endlich in den Griff zu bekommen. Zwei Tage später bin ich geflogen.

Los Angeles ist seltsam, überfordernd, zugleich cool und faszinierend. Die ersten Monate verbrachte ich meistens alleine. Jeder neue Kontakt endete in einer flüchtigen Bekanntschaft. Tagelang hörte ich mich selbst nie reden. Die Einsamkeit frass mich fast auf. Mit mir allein klarzukommen, fiel mir schwer. Doch so lernte ich, mich selbst auszuhalten und meinen Gefühlen Raum zu geben. So konnte ich zu mir zurückfinden und mich auf meine Zukunftspläne fokussieren.

Noch immer wohne ich in dieser Stadt. Inzwischen gehe ich regelmässig zu Castings, erhalte viele Modeljobs und kann selber entscheiden, welche ich annehme und welche nicht. Es macht mir Spass. Als Model ist es wie damals, als ich noch ein Kind war: Ich spiele den Leuten etwas vor. Doch das Gute ist, dass ich mich immer wieder überwinden und das Kindliche aus mir herausholen muss. So habe ich gelernt, keine Angst mehr zu haben, mich wieder unbeschwert zu fühlen. Die Angst von früher ist vergessen.

EMILE, 48
12. NOVEMBER 2016, WATERFRONT, KAPSTADT

Als Kind war ich ruhig und unsicher. Meine Gedanken behielt ich für mich, aus Angst, etwas Falsches zu sagen. Oft hatte ich das Gefühl, ich genüge nicht. Sei es nur schon wegen meiner wilden Afrolocken. Wäre es nach meiner Mutter gegangen, wären sie kurz oder gestreckt gewesen. Als Farbiger durfte man nicht auffallen.

Ich war siebzehn, als sich mein Leben auf einen Schlag änderte. Es war gegen Ende der Apartheid, August 1985. Zu dieser Zeit wurden die Schulen noch immer nach Rassen aufgeteilt. Ich war im letzten Schuljahr der katholischen «Marist Brothers», als wir uns mit einem Schulboykott gegen die damalige Apartheidregierung auflehnten.
Bei einer Versammlung in der Aula versuchten uns die Lehrer und Eltern zu zwingen, unseren Widerstand aufzugeben und zurück zur Schule zu gehen. Plötzlich keimte eine riesige Wut in mir auf. Ohne zu überlegen, sprang ich auf und rief: «Wenn wir wirklich an Gott glauben, wie wir es behaupten, würden wir diese Ungerechtigkeit in unserem Land nicht länger tolerieren. Es ist unsere biblische Pflicht, zu protestieren und das Apartheidregime zu boykottieren!» Um mich herum sassen Hunderte. Es war das erste Mal überhaupt, dass ich meine Meinung äusserte. Und alle applaudierten. In diesem Moment realisierte ich, dass auch ich eine Stimme hatte und für meine Rechte einstehen konnte.
Einen Monat später versammelte ich mich mit anderen Jugendlichen vor der Schule. Mit Fäusten gegen den Himmel gerichtet, zogen wir durch die Strassen und demonstrierten für Freiheit und Gleichberechtigung, schrien «Power to the people». Wir forderten unser Stimmrecht, das Recht auf eine demokratisch ernannte Regierung und die Freilassung der politischen Gefangenen. Immer mehr Leute schlossen sich unserem Umzug an. So entwickelte sich eine Massendemonstration mit über sechshundert Menschen.
Dann griffen Polizei und Militär ein, verfolgten uns in alle Richtungen. Sie begannen, auf uns zu schiessen. Wir waren unbewaffnet und wehrlos, der Gewalt ausgeliefert. In der Luft lag ein Gemisch aus Tränengas und Rauch, auf den Strassen brannten Reifen. Es herrschte Krieg. Ich rannte um mein Leben, so schnell ich konnte – direkt in die Arme bewaffneter Militaristen. Im selben Moment aber knallte Gummischrot in die Luft, und ich konnte fliehen. Ich hetzte durch die Strassen, überwand Zäune und wurde schliesslich von einer Frau in ein Haus gerissen. Hinter mir verriegelte sie die Tür. Am Boden lagen bereits andere Jugendliche. Diese rissen mich nach unten. Mein Herz hämmerte wie wild. Einige Stunden verbrachten wir in diesem Versteck, bis sich die Situation beruhigt hatte.

Diesen Tag verdrängte ich jahrelang. Bis mich eines Tages eine Gruppe Studenten fragte, ob ich von diesem Ereignis berichten möchte. Es fiel mir schwer, den genauen Vorfall zu schildern. Ich war noch immer traumatisiert. Um das Erlebte zu verarbeiten, schrieb ich meine Gefühle auf und verpackte diese in einen Liedtext. Daraus entstand mein Hip-Hop-Song «Butterflies Fly By», den ich mit originalen Filmaufnahmen der Demonstration auf Youtube stellte. Das Video erreichte über hunderttausend Menschen. Viele Betroffene bedankten sich bei mir und schrieben, dass ihnen der Song geholfen habe, diese Zeit zu verarbeiten.

Dreizehn Jahre nach der Massendemonstration startete ich das Projekt «Heal the hood». Damit möchte ich Jugendlichen eine Chance geben, sich durch Musik und Tanz auszudrücken, und ihnen ein Gefühl von Wertschätzung vermitteln. Sie sollen an Selbstvertrauen und Selbstwertgefühl gewinnen und lernen, für ihre Meinung einzustehen. Gemeinsam schreiben wir Songtexte, produzieren Musik und nehmen mit unserer Tanz-Crew an internationalen Wettkämpfen teil. «Heal the hood» bedeutet mir alles.
Mit jedem Tag wird sichtbarer, was wir zusammen alles erreichen können. Bisher nahmen über 130 000 Jugendliche aus verschiedenen Teilen des Westkaps an diesem Projekt teil. Sie erfahren, dass es keine Rolle spielt, woher wir kommen und wie wir aufwachsen. Wenn wir an uns glauben, ist alles möglich.

SONJA, 40

6. FEBRUAR 2018, ZÜRICH

Als Kind hatte ich eine Last zu tragen, die viel zu schwer war. Meine Eltern waren Nachkriegskinder – stark geprägt, psychisch angeschlagen. Mein Vater, Alkoholiker, starb, als ich acht war. Er erfror alkoholisiert auf einer Parkbank. Von meiner Mutter bekam ich keinen Schutz und keine Unterstützung. Sie war nicht diejenige, die mir Rückhalt gab. Immer wieder äusserte sie ihre Angst, dass ich sie verlasse und sie alleine sterben würde. Als kleines Mädchen fühlte ich mich für sie verantwortlich. Auch später, als sie einen neuen Partner hatte, der sie betrog. Die Situation daheim war ein Desaster. Gefühlte sechzig Mal sind wird umgezogen. Es sind Dinge passiert, die ein Kind niemals verarbeiten kann. Immer kam noch mehr und noch mehr. Ich war vom Leben überfordert.

Mit dreizehn drehte ich durch. Ich ging auf Partys, tanzte die Nächte durch und betäubte meine Gedanken. Am Anfang mit Gras, später mit harten Drogen. Im Nachtleben fand ich das, was ich zu Hause nicht hatte: eine Identität und eine Art Familie; bestehend aus einer Gruppe verlorener Jugendlicher.
Eines Nachts verabreichte mir ein Typ eine Überdosis Ecstasy. Als ich wieder zu mir kam, lag ich auf seinem Bett – vergewaltigt. Als sei nichts passiert, fuhr er mich nach Hause. Es fühlte sich an, als halte er es für einen fairen Deal: Er hatte Sex bekommen, ich meine Drogen. In dieser Nacht wurde mein letztes Stück Vertrauen zerstört. Ich war fünfzehn. Es war der Beginn eines fünfjährigen Sturzfluges.
Ich brach die Schule ab und verschwand. Orientierungslos zog ich umher, ständig auf der Suche nach Ablenkung und dem Sinn meines Lebens. Ich lebte auf der Strasse, hatte nichts in der Tasche, vertickte irgendwann sogar meine Antibabypillen als Droge.
Als Frau begehrt und umsorgt zu werden, hatte ich nie vorgelebt bekommen. Ich verwechselte Liebe mit Sex. Stück für Stück wurde meine Würde von Männern niedergetrampelt, bis ich sie mit siebzehn komplett verlor. Um an Koks zu kommen, begann ich meinen Körper zu verkaufen. Ein älterer Mann wollte mich als seine Gespielin, er würde mich täglich bezahlen, wenn ich jederzeit für ihn abrufbar sei. Ich willigte ein.

Oft habe ich mich gefragt, was meine Bestimmung im Leben sei. Ich wusste nicht, wie ich so tief fallen konnte, wollte aufhören mit der Prostitution, habe es auch getan. Doch dann fehlte mir wieder das Geld, und ich landete bei einem privaten Escort-Service. Sechzig Prozent meiner Einnahmen musste ich den Zuhältern abgeben, den Rest verprasste ich für Drogen. Ich habe alles genommen, um irgendwie geflasht zu sein. Während des Sex versuchte ich meine Gedanken zu verdrängen. Doch sie holten mich immer wieder ein. Wertlos. Rastlos. Unerträglich. Meine Seele blutete. Ich war am Boden und brauchte noch mehr Betäubungsmittel. Ich befand mich in einer Situation, in der ich nicht sein sollte, an einem Ort, an dem ich nicht sein wollte. Und doch hatte ich wieder den nächsten Termin. Eine unaufhaltbare Abwärtsspirale.
Oft höre ich, dass die Prostitution etwas Freiwilliges sei. Doch was genau bedeutet «freiwillig»? Es sind Mädchen und Frauen, die sich selbst verloren haben. Einige Mädels, die ich von damals kannte, nahmen sich später das Leben. Zurückblickend weiss ich, dass Jesus mein Lebensretter war. Mit ihm in Kontakt zu treten, gab mir Kraft, zurück ins Leben zu finden.

Mit neunzehn schaffte ich den Ausstieg und ging durch den kalten Entzug. Ich lag mehrere Tage versifft in einer Wohnung, hatte kein Geld mehr, nicht einmal für Essen. Ich packte meine Sachen und ging zurück zu meiner Mutter. Kurz darauf erfuhr ich, dass ich aus meiner letzten Beziehung schwanger war. Das war mein Neuanfang.
Durch den Kleinen habe ich endlich Liebe erfahren. Liebe in einer Partnerschaft schien dagegen unmöglich. Lange verspürte ich einen regelrechten Hass auf Männer. Doch je mehr Raum ich Jesus schenkte, desto besser ging es mir. Heute fühle ich mich wie neugeboren und kann mit Stolz sagen: Mein Leben ist schön. Ich habe einen wunderbaren Partner und vier Jungs – fünf Männer, die ich über alles liebe. Und ich habe meinen Glauben, der mich erfüllt und mit dem ich den Menschen das weitergeben kann, was ich lange Zeit nicht hatte: Hoffnung. Ein weiser Mann hat mir einst gesagt: «Die Tränen deiner Vergangenheit werden zu Perlen für die Menschen, die du morgen triffst.»

ANDREW, 51

18. APRIL 2014, MANHATTAN, NEW YORK

Was mich am meisten geprägt hat? Meine Familie. Meine Mutter, alleinerziehend mit sieben Kindern, arbeitete sechzehn Stunden täglich, um für uns zu sorgen. Wir lebten mit wenig und in einer kleinen Wohnung.

Noch bevor ich wach war, machte sich meine Mutter auf den Weg zur Arbeit, erst spät in der Nacht kam sie zurück. Als ich klein war, brachte mich meistens mein ältester Bruder ins Bett. Er erzählte die spannendsten Geschichten, etwa wie wir zusammen fliegen konnten und die Welt eroberten. Er konnte mich zum Lachen bringen, unternahm viel mit mir und lehrte mich alles, was sonst ein Vater getan hätte. Ich wusste: Mit ihm an meiner Seite konnte mir nichts passieren, zusammen waren wir unschlagbar.

Meine Mutter habe ich nicht oft gesehen. Doch wenn sie da war, empfing sie mich mit herzlicher Wärme und liess mich immer ihre Liebe spüren. Und oft hat sie wiederholt: «Wir haben ein Zuhause, warme Kleider und müssen nicht hungern. Wir haben alles, was wir brauchen, um glücklich zu sein.»

Klar, es gab auch Tage, an denen es schmerzte, den Wohlstand von Freunden zu sehen. An denen ich spürte, dass wir nicht so privilegiert waren wie sie. Diese Ungerechtigkeit auszuhalten, dass meine Mutter derart schuften musste, während andere ihr Vermögen horteten, war nicht immer leicht. Meistens jedoch kam ich gut damit zurecht. Neid gegenüber Menschen, die besser, erfolgreicher und wohlhabender waren, wäre falsch gewesen. Denn wir hatten einander, so fehlte es uns im Grunde an nichts.

Auch später, als ich meine Frau kennenlernte und eine eigene Familie gründete, änderte sich die Beziehung zu meiner Mutter und meinen Geschwistern nicht. Wir wussten, dass wir gegenseitig immer aufeinander zählen konnten.

Wir hielten auch zusammen, als das Schicksal zuschlug: Mein ältester Bruder erkrankte unheilbar an Krebs. Er war erst vierzig und Vater von drei Kindern. Als Familie versuchten wir, um sein Leben zu kämpfen. Wir beteten zu Gott. Er sah jedoch seine Krankheit als Gottes Wille, als Schicksal. Gegen unseren Rat liess er die Chemotherapie bleiben, er wollte nicht gebrochen von uns gehen. Er wollte uns in Erinnerung bleiben, wie wir ihn kannten und liebten: Als stolzer Mann, Vater, Onkel, Sohn und Bruder. Dies war sein letzter Wunsch. So breitete sich der Krebs weiter aus. Nur kurze Zeit später verstarb er.

Sein Tod hinterliess eine grosse Lücke in meinem Herzen. Seine Entscheidung, kampflos von uns zu gehen, habe ich nie verstanden, doch ich musste sie akzeptieren. Er war mein grosser Bruder, mein Beschützer, mein Weggefährte. Ich bin ihm dankbar für jede Erfahrung, die er mit mir geteilt hat, und jede Erkenntnis, die ich durch ihn hatte. Er hat mich zu dem Menschen gemacht, der ich heute bin.

DINA, 40

In Indonesien ist nach alter Tradition die Frau dem Mann unterworfen. Für uns Frauen gilt: Was in unseren Köpfen vorgeht, behalten wir für uns. Wir akzeptieren, was die Männer von uns erwarten oder verlangen.

Mit zwanzig lernte ich meinen Mann kennen, bereits ein Jahr später heiratete ich ihn. Ich war bis über beide Ohren verliebt und habe alles getan, um eine gute Ehefrau zu sein. Ich reduzierte sogar die Besuche bei meiner Mutter, weil er es so wollte. Nach der Hochzeit gehörte die volle Aufmerksamkeit seiner Familie, das ist so üblich in Indonesien. Deren Probleme werden zu deinen Problemen. Dazu kam, dass wir bei meiner Schwiegermutter in Jakarta wohnten.
Unkonventionell war, dass ich diejenige war, die das Geld nach Hause brachte. Mein Mann hatte seinen Job verloren. Ich arbeitete in der Werbebranche, verdiente gut und konnte viel herumreisen. Ich liebte das und die damit verbundenen Einblicke in andere Kulturen. Ich träumte davon, die ganze Welt zu bereisen.
Doch dann befahl er mir, daheimzubleiben und keine Ferien mehr zu beziehen. Ich solle nicht sinnlos Geld verschwenden und lieber für ein eigenes Haus sparen.
Als ich genug gespart und ein Haus ausgesucht hatte, wollte er plötzlich nicht mehr. Er schob den Kauf so lange auf, bis wir schliesslich kein Geld mehr hatten. Mein gesamtes Vermögen war aufgebraucht. Erst dann – zu spät – bemerkte ich, dass mein Mann drogenabhängig war und immer wieder mit meiner Kreditkarte Kokain gekauft hatte.
Er begann mich für alles, was in seinem Leben schiefging, zu beschuldigen: für seine Arbeitslosigkeit, seine Unzufriedenheit, seinen Drogenkonsum. In seinen Augen war auch ich dafür verantwortlich, dass wir kein Geld mehr hatten. Seine Fehler konnte er sich nie eingestehen.

Ich habe alles getan, was er von mir verlangte. Sogar entschuldigt habe ich mich bei ihm. Ja, ich fing an, zu glauben, dass ich tatsächlich schuldig war. Nach fünf Ehejahren dann der Schlag ins Gesicht: Mein Mann sagte mir, dass er nie mit mir glücklich gewesen sei. Mit diesen Worten verliess er mich. Er verbreitete Lügen über mich und erniedrigte mich – bis ich zusammenbrach. Ich fühlte mich hintergangen, ungeliebt, nutzlos und leer. Das Leben hatte keinen Sinn mehr. Ich dachte sogar eine kurze Zeit daran, es zu beenden.

Bis ich die Scheidungspapiere erhielt, vergingen weitere fünf Jahre. So lange haftete ich als Ehefrau für seine Schulden. Als ich endlich nicht mehr dafür verantwortlich gemacht werden konnte, wollte ich nur noch weg. Ich hatte verschiedene Jobs in unterschiedlichen Ländern Asiens, reiste von Ort zu Ort und begab mich auf die Suche nach mir selbst. Verzweifelt versuchte ich, vor meiner Vergangenheit zu fliehen und mein Glück wiederzufinden.
Erst Jahre später begriff ich, dass mein Glück nicht von anderen Menschen abhängig ist. Und auch, dass es nicht meine Schuld war, dass mein Mann mich so behandelt hatte.

Um meine Vergangenheit für immer hinter mir zu lassen, entschied ich mich, Jakarta zu verlassen und nach Bali zu kommen. Ich habe nicht viel Geld, aber ich kann meine Miete und meine Rechnungen bezahlen. Ich habe zu essen, einen Löffel, eine Gabel und zwei Teller. Und ich lebe alleine. Als Geschiedene werde ich oft komisch angeschaut. Andere Frauen haben Angst, dass ich nach verheirateten Männern Ausschau halte. Doch ich brauche keinen Mann mehr. Ich brauche niemanden, der mir Vorschriften macht. Ich habe nun mein eigenes Leben, und ich bin glücklich damit.

CARLOS, 43

3. NOVEMBER 2015, AGUAS CALIENTES, PERU

Meine Eltern starben, als ich noch klein war. An meine Mutter erinnere ich mich nur schwach, mein Vater hingegen ist mir noch sehr präsent. Beide starben an einer Krankheit und hinterliessen in mir eine tiefe Leere.

Als Vollwaise wuchs ich bei Nonnen auf. Sie waren gut zu mir, und doch fehlte mir Liebe und Geborgenheit. Sie vermochten mein Herz nicht zu füllen. Mein ganzes Leben lang sehnte ich mich danach, meiner Mutter und meinem Vater nahe zu sein. Mit elf Jahren verliess ich das Waisenhaus und reiste nach Aguas Calientes, an den Geburtsort meiner Eltern. Ich wollte herausfinden, wo meine Wurzeln liegen. Ab diesem Zeitpunkt war ich auf mich alleine gestellt. Und seitdem lebe ich hier.

In diesen Bergen umgibt mich etwas Magisches. Ich vermisse meine Eltern auch heute noch. Doch ich merke, wie die Verbindung zu ihnen wieder stärker geworden ist. Auf der Spitze eines Berges bin ich ihnen am nächsten, ich fühle mich mit ihnen, mit Gott, dem Mond und den Sternen verbunden. Auf dieser Höhe verspüre ich meinen inneren Frieden.

Ich vergöttere die Natur, so wie es die Inkas bereits vorgelebt haben. Und wie sie glaube ich an die Kraft der Gaben. Seit ich nach Aguas Calientes gekommen bin, wandere ich jeden Morgen zur Bergspitze hinauf, damit auch ich den Göttern Gaben bringen kann, Korn und Kokablätter zum Beispiel. Sie sollen das Gleichgewicht zwischen der Natur und den Menschen aufrechterhalten. Denn viele behandeln Mutter Natur respektlos. Überall deponieren sie ihren Müll, sie verschmutzen die Gewässer, vergiften die Luft, zerstören die Wälder. Das ist doch unser Zuhause.

Auf dem Gipfel bete ich für die Besinnung, Verantwortung und Stabilität der Menschen. Während meines Rituals spüre ich die unbändige Energie der Gebirge tief in mir drin. Ich habe gelernt, einen veränderten Bewusstseinszustand zu erlangen, mich in Trance zu versetzen. Sie ermöglicht es mir, zu meiner Mutter zu sprechen und mir von ihr Rat zu holen. Dieser Zustand entfacht in meinem Inneren eine Kraft, die mir zur Heilung von alten Wunden und Blockaden bei anderen dienen kann. Diese Kraft gebe ich über meine Hände weiter. So versuche ich Menschen zu helfen, ihr Herz zu heilen.

Mein eigenes Herz habe ich hier in den Bergen wiedergefunden und durch meine Spiritualität geheilt. Ich weiss heute: Darin trage ich meine Eltern immer bei mir.

Ab einem gewissen Zeitpunkt bin ich nicht mehr Markus, dann müsst ihr Barbara zu mir sagen. Mit jedem Pinselstrich verschwindet Markus mehr und mehr.

Ich bin schüchtern, bodenständig, ein bayrischer Sturkopf. Zwilling, extrem wankelmütig. Ohne Barbara hätte ich meinen heutigen Freund niemals angesprochen. Mit ihr erschuf ich meine zweite Persönlichkeit als Dragqueen.
Ich liebe schöne, pompöse Kleider. Schon als Kind habe ich solche gerne selbst genäht. Früher noch für Barbies. Irgendwann auch für Menschen, die meine Kleider schätzten. Mit vierzehn nähte ich eine Robe für eine Freundin, die mir daraufhin sagte, sie wünsche sich irgendwann ein von mir entworfenes Brautkleid. Und tatsächlich: Mehr als zehn Jahre später schickte sie mir ein Foto ihres Verlobungsrings mit der Nachricht: «Markus, hiermit bestelle ich mein Brautkleid.» Das war unglaublich. Ich nähte ihr ein Kleid, wie Sissi es trug.

Ich wollte Modedesign studieren. Doch von den staatlichen Schulen hörte ich nur, dass ich schon zu festgefahren sei und man mir nichts mehr beibringen könne. Mir wurde empfohlen, meinen Weg ohne Ausbildung zu versuchen, so wie es auch Karl Lagerfeld getan habe. Meine Eltern hätten mich gern auf die beste Modeschule Deutschlands geschickt, doch sie war zu teuer.
Heute arbeite ich in einem Hotel und setze meine Ideen als Hobby für mich selbst um. In Ruhe, ohne Zeitdruck. Ich bin froh darüber. Müsste ich mehrere Kollektionen pro Jahr entwerfen, wäre ich wahrscheinlich ausgebrannt.
Meine Kleider sind speziell, extravagant – inspiriert von den fünfziger und sechziger Jahren. Ich schaue mir alte Fotografien an oder lasse mich von Filmen inspirieren. «Sissi» ist einer davon. Meine Entwürfe entstehen im Kopf. Ich kann den Schnitt dann bereits vor mir sehen und suche mir daraufhin einen passenden Stoff. Oder ich stehe im Laden, entdecke einen Stoff und entwerfe den Schnitt dazu.
Meine Kleider bewahre ich in einer grossen Truhe auf. Doch ich möchte sie auch präsentieren. Wie man das mit Bildern in einer Galerie macht. Ich nehme sie hervor und ziehe sie als Barbara an. Mit ihr habe ich meine eigene Plattform erschaffen, um mein kreatives Schaffen der Welt zeigen zu können. Doch vor allem ist sie auch da, um Aufmerksamkeit zu generieren und Tabuthemen anzusprechen.

Als Dragqueen mache ich Spässe und unterhalte die Leute. Barbara ist weniger schüchtern. Sie sagt Dinge, die ich als Markus niemals über die Lippen bringen würde. Ich könnte theoretisch sagen: «Du bist ein Arschloch», aber in einem dermassen netten Ton und mit einem Lächeln im Gesicht, so dass sich niemand beleidigt fühlt. In einer Robe bin ich viel zugänglicher als in meiner Männerkleidung. Es ist aussergewöhnlich, spannend. Die Menschen kommen auf mich zu und möchten ein Foto mit mir machen. Barbara hat viele Facetten, die mein Leben bereichern.

BRIAN, 49

16. APRIL 2014, BROOKLYN, NEW YORK

Gewisse Schicksale sind vorbestimmt. Sie sind dazu da, um unseren Charakter zu formen und uns zu dem Menschen zu machen, der wir sein sollen.

Ich lebe seit mehreren Jahren auf den Strassen New Yorks. Manchmal ist es ein gnadenloser Überlebenskampf; besonders im Winter, wenn sich die eisige Kälte unter die Haut frisst und sich die Atemwege verengen. Dann kann das Leben verdammt hart sein. Doch irgendwann gewöhnt man sich auch ein bisschen daran. So gut es eben geht.

In New York gibt es Tausende Obdachlose. Viele von ihnen haben sich bereits aufgegeben, sie vegetieren hoffnungslos dahin. Sein Schicksal kann man annehmen oder nicht. Jeder geht anders damit um. Ich für meinen Teil lebe nach dem Motto «Biege, doch breche nicht» und versuche, das Beste aus meiner Situation zu machen.

Vor einem Jahr schenkte mir ein Fremder ein Buch – «Love Signs» von Linda Goodman. Die Autorin, eine bekannte Astrologin, versucht darin, den Menschen aufzuzeigen, wie das Herz von den Sternenkonstellationen beeinflusst wird. Sie hat die achtundsiebzig Sonnenzeichen-Kombinationen erforscht und die Mysterien der Liebe entschlüsselt. Ihre Faszination fesselte mich.

Ich lernte, wie die Astrologie mit den Menschen interagiert. Wie sie uns beeinflusst, bewusst wie auch unbewusst. Warum Leute mit gewissen Sternzeichen die geeigneten Liebhaber sind und andere vielleicht besser Freunde bleiben sollten. Vieles aus meiner Vergangenheit ergab auf einmal einen Sinn. Und mein Schicksal bekam eine Bedeutung.

Mit diesem Buch habe ich den Mut gefunden, mich aufzurappeln und mich wieder für eine Sache zu engagieren. Ich habe an einer Idee für eine Dating-Website getüftelt, basierend auf der Astrologie: Jedes Sternzeichen ist ein Zeichen der Liebe. Jedes hat seine eigene Art, wie sie wahrgenommen wird. Diese Website soll Männern und Frauen helfen, sich über die perfekte Konstellation der Sternzeichen zu finden.

Meine Idee ist noch in der Rohfassung, doch mit ihr habe ich ein Lebensziel gefunden. Auf der Strasse habe ich gelernt, dass es keine Hindernisse gibt, die ich nicht überwinden kann. Daran glaube ich. Egal in welcher Situation ich mich befinde, eines Tages werde ich meinen Traum verwirklichen. Es ist nur eine Frage der Zeit. Und Zeit kann mir schliesslich keiner nehmen.

MARK, 27

26. OKTOBER 2015, HOLLYWOOD, LOS ANGELES

Als ich vier Jahre alt war, nahm mich mein Dad zu einer Flugshow der Marines mit. Ich war fasziniert von diesen schnellen Flugzeugen und dem ohrenbetäubenden Lärm. Von der Art, wie sich die Elitesoldaten bewegten, ihren Uniformen, der amerikanischen Hymne und der jubelnden Menschenmasse. Ab diesem Moment wusste ich: Ich will ein Marine werden. Nie hätte ich gedacht, dass mich dieser Traum eines Tages zerstören wird.

Während meiner ganzen Kindheit habe ich den Reden des Präsidenten über den Schutz des Landes mit Stolz und Ehre am TV zugehört und habe alle möglichen Filme über die Marines geschaut. Ich war der Überzeugung, dass die Amerikaner «die Guten» seien.

Mit neunzehn wurde ich in einem Trainingslager der US-Marines-Schule ausgebildet und dadurch ein Mitglied der besten Kampftruppe der Welt. Endlich gehörte ich dazu. Die ersten vier Monate waren, wie ich es mir vorgestellt hatte: grossartig. Wir waren eine Einheit. Ich war gesund und glücklich. Dann hiess es: «Ihr geht in den Irak.»

Wenige Wochen später war ich mittendrin: Wir waren ausserhalb Fallujahs im Konvoi unterwegs auf Mission. Plötzlich gab es einen heftigen Knall. Ich wurde aus dem Wagen geschleudert. Alles, was ich noch hörte, war dieses unaufhörliche Piepen in meinen Ohren. Ich war wie betäubt, hatte keine Ahnung, was gerade passiert war. Ich wusste nicht einmal, ob ich überhaupt noch am Leben war. Zweimal wurde unsere Gruppe von einem Sprengsatz getroffen. Ich blieb unverletzt, doch mir wurde bewusst, dass ich den Einsatz nicht überleben könnte. Eine Leere überkam mich, und mit jedem Tag wurde es noch schlimmer. Ich schwankte zwischen Patriotismus und Verzweiflung. Mein Traum fing an zu bröckeln, meine Illusion wurde zerstört. Der Krieg war sinnlos. Das Ganze war nur ein Haufen Scheisse, eine nimmer endende Abwärtsspirale. Die nächsten Jahre führte ich nur noch die Befehle aus. Alles, was ich wollte, war, dieser Hölle zu entkommen. Einfach nur überleben.

Es dauerte vier Jahre, bis ich die Marines verlassen konnte. Wir hatten für dieses Land unser Leben riskiert und gekämpft, doch zugejubelt hatte uns keiner. Nicht einmal der Staat kümmerte sich um die Veteranen. Wir wurden von der Nation im Stich gelassen.

Es war unmöglich, das zivile Leben einfach so weiterzuführen. Ich hatte Albträume, litt unter Panikattacken, war stark traumatisiert. Es fühlte sich an, als ob meine Gedanken, Gefühle, einfach alles miteinander hochgehen würde wie bei einer verdammten Explosion. Die Angst verfolgte mich immer und überall. Viele meiner Kollegen haben nach dem Einsatz Selbstmord begangen, und auch ich habe oft daran gedacht. Geräusche und Gerüche lösten in mir Kriegserinnerungen aus. Dafür reichte schon der Geruch von Benzin oder eine zugeschlagene Tür. Sie brachten mich schlagartig zurück in die irakische Wüste. Ich wurde trainiert, auf alles zu achten, was hochgehen könnte. Diesen Kontrolldrang konnte ich nicht mehr abschalten. Dazu kam diese bodenlose Wut. Unter Dauerstrom schrie ich meine Eltern an, befahl allen um mich herum, was sie zu tun hatten. Ich habe nicht gemerkt, wie unausstehlich ich für die anderen geworden bin. Ich dachte, alle anderen seien schwach. Erst mit der Zeit wurde mir bewusst, dass mich der Krieg verändert hatte.

Ich kämpfte, um zu mir zurückzufinden, und lernte, mir selbst zuzuhören, meine Gefühle ernst zu nehmen. Ich begann, mit Freunden darüber zu sprechen. Durch Meditationen fand ich den Glauben an mich selbst wieder.

Noch immer gibt es Situationen, die mich überfordern, Stunden der blanken Panik und Tage, an denen mir alles zu viel wird. Doch meine innere Stimme ist positiver und stärker denn je. Ich sehe meinen Fortschritt. Wenn ich zwischendurch erneut falle, weiss ich, dass ich wieder aufstehen kann.

SANDY, 29

Man entwickelt sich nicht zum Freak, man wird so geboren. Entweder geht man seinen eigenen Weg, oder man wird geknickt und passt sich den Vorstellungen der Gesellschaft an.

Mein Charakter war schon immer Fluch und Segen zugleich. Ich glaube, ich bin als Anarchistin zur Welt gekommen. Was auch immer meine Eltern wünschten, ich wollte genau das Gegenteil und wusste mich vehement zu wehren. Bereits als kleines Mädchen war ich angetan von Menschen mit speziellen Merkmalen: Brandmalen, Pigmentstörungen, Narben. Was andere als Makel bezeichneten, mochte ich.

Als Einzelkind war ich oft allein, mit den meisten anderen Kindern konnte ich nichts anfangen. Meine Mutter ist Schweizerin, mein Vater Italiener. Die Italiener mögen es, die Mädchen an Festen wie Puppen anzuziehen: Kleidchen, Strumpfhose und Lackschuhe – ich hasste es! Mit fünf Jahren rasierte ich mir die Haare ab – und so verschwand das kleine niedliche Mädchen mit den langen blonden Haaren. Mit der Konsequenz, dass ich fortan der «süsse Junge» war, musste ich leben.

Ich habe früh gelernt, dass meine Entscheidungen nicht immer richtig, vor allem aber nicht einfach sind. Doch zu wissen, dass ich meinen eigenen Weg gehen kann – egal wie schwer dieser ist –, hat mich erfüllt.

Mein Eigenwille zog sich durch meine ganze Jugend. Mit zwölf liess ich mir ein Nasenpiercing stechen – ich hatte meine Mutter so lange bearbeitet, bis sie nachgab. Darauf folgte ein Bauchnabelpiercing. Irgendwann wusste ich: Ich will Piercerin werden. Meine Eltern dachten, es sei ein vorübergehender Berufswunsch. Als die Lehrstellensuche jedoch zum Thema wurde, verweigerte ich mich. Sie stellten mich vor die Wahl, eine Lehrstelle zu suchen oder von zu Hause auszuziehen. Was eine leere Drohung hätte sein sollen, setzte ich in die Tat um, ich zog zu meinem damaligen Freund. Sechzehnjährig und glücklich über den Start in mein eigenes Leben. Zugleich wusste ich aber, dass die Tür zu meinen Eltern für mich trotzdem offen bleiben würde.

Meine Jugend verbrachte ich damit, hart zu arbeiten. Manchmal hatte ich drei Jobs gleichzeitig und konnte mir dennoch nichts leisten. Ich sehnte mich nach Freiheit, doch ich hatte ein Ziel vor Augen und kämpfte, bis ich es erreichte. So wurde ich Piercerin und eröffnete mit neunzehn Jahren mein erstes eigenes Studio. Ich habe mir einen Traum erfüllt. Körperkult ist meine Leidenschaft. Doch Menschen reagieren abweisend auf mich, auf die Art, wie ich aussehe. Oft habe ich das Gefühl, nicht in diese Welt zu gehören. Wie ich fühle, wie ich denke, wie ich Dinge wahrnehme. Ich bin feinfühlig und sehr sensibel. Es tut weh, zu sehen, wie engstirnig, verbittert und intolerant unsere Gesellschaft ist.

Einmal krachte vor mir ein Auto in eine Hauswand. Am Steuer sass ein alter Mann, der einen epileptischen Anfall hatte. Als Einzige hielt ich an und versuchte, ihm zu helfen. Krampfhaft krallte er sich an mir fest, bis ein Polizist mich von ihm losriss. Er sagte seinem Kollegen, er solle schauen, ob der Mann sein Portemonnaie noch habe. Dann schickten sie mich weg. Ich wollte meine Visitenkarte hinterlassen, damit der Mann sich bei mir melden konnte, wenn es ihm besser ging. Ich hätte nur gern gewusst, ob es ihm gut geht. Doch sie schmissen sie weg.

In solchen Momenten denke ich, dass das Nichtdazugehören vielleicht sogar das Richtige ist, denn so erniedrigend und verletzend möchte ich nicht sein.

Bereits Kindern wird eingetrichtert, was richtig und was falsch ist, wie sie sich benehmen und wie sie sein sollen. Mädchen tragen rosa, Jungs blau. Doch wieso nicht auch umgekehrt? Vielleicht möchte der kleine Junge rosa Kleidchen tragen. Würde man gewisse Dinge von Anfang an akzeptieren, müssten viele nicht erst als Erwachsene merken, dass sie nicht frei gelebt haben.

Ich habe schon einigen Kindern auf der Strasse zugehört, wie sie zu ihren Eltern gesagt haben, sie möchten einmal so werden wie ich. Die Reaktionen der Erwachsenen waren hart. Manche wechselten sogar die Strassenseite. Doch ganz ehrlich; was ist falsch daran? Ich bin weder vorbestraft noch ein Junkie. Ich trinke keinen Alkohol und meide Partys. Die meiste Zeit verbringe ich mit meinem Mann und meinen zwei Hunden zu Hause oder draussen in der Natur. Ich mag die Ruhe und bin wahrscheinlich spiessiger als die meisten Menschen.

ALAN, 57

19. APRIL 2014, BROOKLYN, NEW YORK

———————

«Schwulenseuche! Schwulenpest!», lauteten die Schlagzeilen. Was als Krankheit der Homosexuellen verflucht wurde, erreichte Anfang der achtziger Jahre New York als Epidemie. Der Auslöser für das schreckliche Sterben war unbekannt. Aber: «Eine gerechte Strafe für Schwuchteln!», das war die Ansicht vieler. Wir Homosexuellen wurden verachtet, nicht nur aus Hass, wohl mehr noch aus Angst vor dem Unbekannten.

Krankheiten beschäftigten mich schon viele Jahre zuvor: Mit vierzehn wurde bei mir Leukämie diagnostiziert. Doch ich habe den Krebs überlebt. Später arbeitete ich für eine Grossbank, verdiente viel und entdeckte die Welt. Mein Leben war grossartig – bis mit dreissig die Liebe meines Lebens tragisch endete. Mein Partner starb an Aids. Dieser Verlust veränderte alles. An der zerstörerischen Seuche waren auch andere Freunde von mir bereits gestorben. Meine Wut war immens.

Aids führte zu einem schrecklichen, schmerzhaften Tod. Und die Stigmatisierung war enorm: Gesundheitsbehörden forderten, dass Schwule nicht mehr in Krankenhäusern behandelt, ihnen die Behandlung in Notaufnahmen verweigert oder sie sogar aus den Betten geworfen wurden. Bestattungsinstitute weigerten sich, die Toten zu begraben. Denn niemand wusste, wie sich dieses Virus verbreitete.

Um den vielen Verstorbenen zu gedenken, wurde ein Umzug mit Kerzen durch die Stadt organisiert. Wir liefen durch die Strassen New Yorks, um die Nation auf dieses tödliche Virus und die Prävention aufmerksam zu machen. Ich begann, mich als Aktivist einzusetzen, und wurde Teil der «ACTUPNY – Act up New York»-Bewegung. Ich wollte Betroffene unterstützen und Verschwiegenes ans Licht bringen. Mich zu engagieren und mit einer Gruppe gegen die Epidemie und die Diskriminierung der Homosexuellen zu kämpfen, gab mir Kraft und Hoffnung.

Seit nun siebenundzwanzig Jahren bin ich Teil dieser Protestgruppe. Wir treffen uns mit Regierungs- und Gesundheitsbeamten, fordern Gelder für die Forschung und den freien Zugang zu Medikamenten.

Einen grossen Hoffnungsschimmer bedeutete es, als bei einem Freund von mir festgestellt wurde, dass ihm das CCR5-Gen fehlte. Durch diesen Gendefekt war er immun gegen HIV. Damit war er einer von etwa drei Prozent der gesamten Menschheit, die nicht angesteckt werden konnten. Er spendete sein Blut, um der Forschung an einem Heilmittel zu helfen. Doch dann nahm er sich das Leben, und meine Hoffnung schwand wieder. Die nächsten Schicksalsschläge ereilten mich 1989 und 1992, zwei weitere Partner von mir starben an Aids.

Kein Medikament heilt die Krankheit – bis heute nicht. Es gibt solche, die bewirken, dass die Abwehrschwäche sich nicht vergrössert und Aids nicht ausbricht, doch die Herstellerfirmen verkaufen diese zu Preisen, welche die meisten nicht bezahlen können.

Mein grösster Wunsch ist es, die Seuche im Verlauf meiner Lebenszeit noch besiegen zu können. Ich werde erst aufhören, dafür zu kämpfen, wenn dies erreicht ist oder ich tot bin.

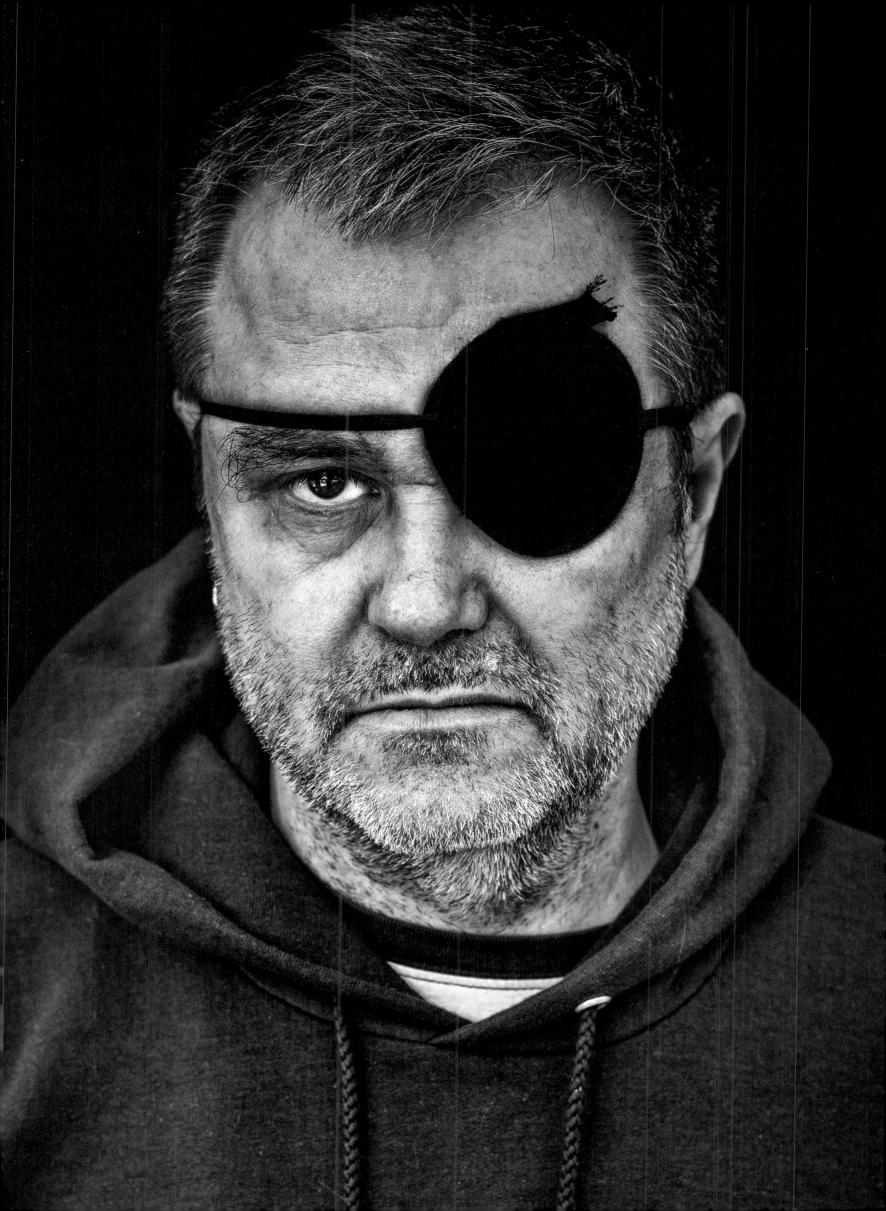

SIMONE, 35
1. NOVEMBER 2016, CLAREMONT, KAPSTADT

Ich hatte bereits ein paar Wendepunkte in meinem Leben. Mein erster war mit acht Jahren, als meine Mutter bei einem Autounfall starb. Doch der schlimmste sollte erst noch kommen.

Vor drei Jahren kam Murray zur Welt, unser Wunderkind. Die Ärzte hatten mir nämlich einst gesagt, ich sei unfruchtbar. Wenige Monate nach seiner Geburt war ich mit einem Mädchen schwanger. Bella wurde geboren. Sie war unglaublich schön, so perfekt. Unser Familienleben war, wie wir es uns gewünscht hatten. Bis ein Anruf schlagartig alles änderte. Ich war bei der Arbeit, als mich unsere Nanny anrief. Bella liege regungslos da. Sie ist an ihrem Erbrochenen im Kinderbettchen erstickt. Sie war erst sieben Monate jung. Meine Welt wurde zerstört. Ich fiel in ein tiefes Loch. Mein Mann weinte die ersten drei Monate ununterbrochen, versuchte, über seine Gefühle zu sprechen, doch ich befand mich im Schockzustand. Ich wollte lange nicht wahrhaben, dass Bella nicht mehr bei uns war und ich sie nie mehr in den Arm nehmen konnte. Ich wollte ihren Tod nicht akzeptieren.

Nur Murray gab mir einen Grund, am Morgen aufzustehen und zu funktionieren. Er hatte bereits seine Schwester verloren, ich wollte nicht, dass er auch noch unter meiner Trauer litt. Ich flüchtete in meine Arbeit und versuchte, wenigstens für Sekundenbruchteile auf andere Gedanken zu kommen. Murray fragt auch heute noch nach Bella. Dann gehe ich mit ihm in den Garten und erkläre ihm, dass sie nun im Himmel ist. Wenn er spürt, dass ich traurig bin, sagt er: «Mami, meinem Schwesterchen geht es gut im Himmel.»

Später wurde ich wieder schwanger, und ich hoffte, dass mit der Geburt unseres Sohnes wieder etwas Ruhe in unser Leben zurückkehren würde. Doch Thomas kam zu früh auf die Welt. Nach wenigen Stunden starb er. In diesem Moment fühlte ich mich, als fiele ich auf den Meeresgrund. Ich war am Ende. Tausend Gedanken in einer Endlosschleife;

Bella, die ich nie am Altar sehen werde; Thomas, dem ich nie zu seinen Meilensteinen im Leben gratulieren kann. Mein Schmerz war kaum auszuhalten.

In dieser Zeit spürte ich, welchen Wert Freundschaft und Familie haben können. Alle waren da. Sie haben uns getragen, als wir es selbst nicht mehr konnten. Mein Mann und ich sind uns noch näher gekommen. Er begann, in einem Blog offen über seine Gefühle zu schreiben. Anfangs geschockt, merkte ich schnell, wie auch mir das Schreiben guttat. Wir konnten uns ausdrücken, ohne zu sprechen, und gaben den Menschen um uns herum eine Chance, unseren Schmerz zu fassen. Viele bedankten sich für unsere Offenheit, darunter auch Eltern, die wie wir ihre Kinder verloren hatten. Dieser Blog hilft uns heute, die Erinnerungen an unsere Kinder am Leben zu erhalten. Und indem wir anderen Menschen Hoffnung schenken und ihnen helfen, durch ihre Trauer zu gehen, bekommt der Tod von Bella und Thomas eine Bedeutung.

Noch immer erscheint mir meine Geschichte surreal. An manchen Tagen bin ich schwach und möchte mich am liebsten im Bett zusammenrollen. Oft frage ich mich: Was wäre, wenn …? In diesem Gedankenspiel kann ich mich komplett verlieren. Ich nehme jedes Detail auseinander und fange an, alles zu hinterfragen. Doch dann kehre ich wieder auf den Boden der Tatsachen zurück und merke, dass ich nichts daran ändern kann. Lässt man die Vergangenheit nicht ruhen, frisst sie einen innerlich auf. Mir wurden zwei Kinder gestohlen, doch ich habe noch meinen Sohn Murray. Zu sehen, wie er sich entwickelt, ist wundervoll. Er ist sehr aktiv und möchte jede Grenze ausloten. Am Morgen möchte ich ihn am liebsten in Schutzfolie wickeln, aus Angst, ihn auch noch zu verlieren. Doch ich muss mich zurückhalten, ihn nicht dauernd beschützen zu wollen. Er soll die Chance haben, das Leben zu erkunden – die Chance, die seinem Bruder und seiner Schwester genommen wurde.

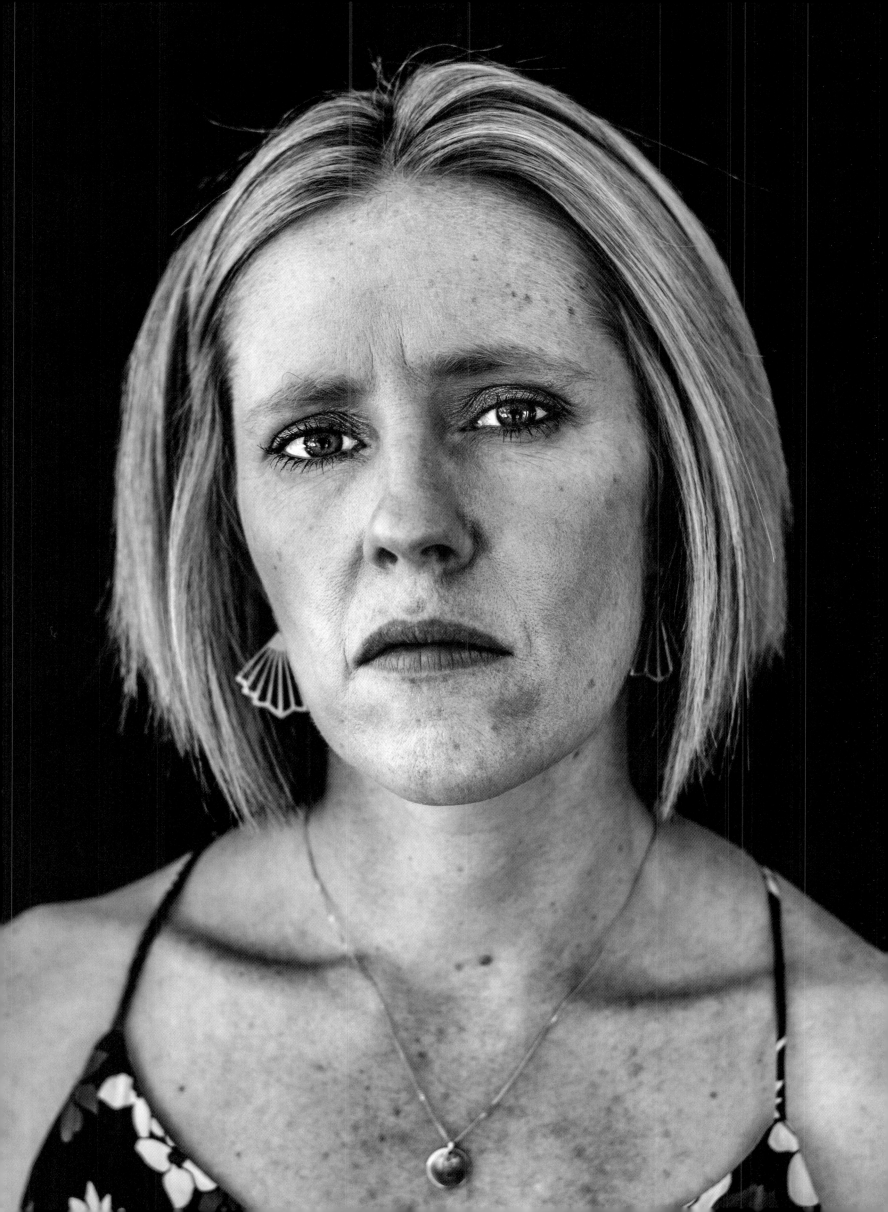

SHEILAGH, 64
20. DEZEMBER 2015, BOCAS DEL TORO, PANAMA

Das Zuhause meiner Grossmutter war wunderschön. Liebevoll backte sie jeden Morgen Brot in ihrem Holzofen. Sie arbeitete von früh bis spät und war immer zufrieden. Ganz anders als meine Mutter; die war gemein und mürrisch.

Meine Grossmutter war eine wundervolle Frau, sie war bezaubernd. Sie hatte die Fähigkeit, kleine Dinge in grosse zu verwandeln; fünf Dollar nach einer Million aussehen zu lassen. Wenn ich krank war, zauberte sie mich wieder gesund und erzählte mir Geschichten aus ihrem Leben. Wie sie etwa mit sechzehn schwanger wurde und mit dem Schiff um die halbe Welt reiste, um meinem Grossvater, der nichts von dieser Schwangerschaft ahnte, zu sagen, dass sie ihn liebe. Dank ihr hatte das Wort Familie eine Bedeutung. Sie hatte elf Kinder und achtzig Grosskinder. Sie war das Oberhaupt.

Jeweils im Januar begann sie zu stricken, um an Weihnachten allen ein Geschenk überreichen zu können. Wenn Nachwuchs kam, hatte jedes ihrer Grosskinder die Möglichkeit, zwei Jahre bei ihr zu wohnen, damit sie sich um das Baby kümmern konnte.

Meine Grossmutter war mein grosses Vorbild. Ich wollte so sein wie sie: so gut kochen und backen wie sie, so hart arbeiten und so schön leben wie sie. Ich heiratete mit siebzehn und wurde schwanger, als ich zwanzig war. Doch mein damaliger Mann verfiel dem Alkohol. Auf Rat meiner Grossmutter verliess ich ihn noch vor der Geburt meines zweiten Kindes. Sie wollte mir zur Seite stehen, doch kurz darauf starb sie. Für mich brach eine Welt zusammen – sie war die Person, zu der ich immer hinaufgeschaut hatte und deren Rat ich doch so dringend gebraucht hätte. Sie war der Mensch, der mich immer wieder ermutigte. Und auf einmal war sie für immer fort.

Was meine Grossmutter mir beigebracht hat, werde ich immer in mir tragen. Ob ein Gewitter oder ein Regenbogen auf mich wartet, wird sich zeigen. Doch sie hat mich gelehrt, nach vorne zu schauen, auch wenn ich mich im Auge des Sturms befinde. Gutmütig zu sein und mich um andere Menschen zu kümmern. So werde das Glück auch zu mir zurückkommen.

Ich strebe nach Zufriedenheit und habe viele Träume. Andere Menschen versuche ich mit meiner Lebensfreude anzustecken. Und was die Liebe betrifft: Ich bin nun seit fünfunddreissig Jahren glücklich verheiratet. Meine Grossmutter sagte einst: «Geht niemals wütend ins Bett. Sprecht über alles, denn auch wenn man den Streit nicht immer lösen kann, fühlt man sich danach besser.» Mein Grossvater sei nicht immer der beste Ehemann gewesen, doch er war ihr bester Freund. Eine neue Liebe zu finden, sei einfach. Doch nur eine wahre Freundschaft bleibe für immer.

GERMAN, 31
14. NOVEMBER 2015, POTOSÍ, BOLIVIEN

Die Dunkelheit dort unten ist beklemmend, die Luft voll von giftigem Feinstaub. Je tiefer man in den Berg hineingeht, desto schwerer fällt einem das Atmen. Die Wege sind eng und oft sehr steil, die Hitze kaum aushaltbar. Die Arbeit in den Minen ist unmenschlich, unberechenbar und gefährlich.

In Potosí sind wir über zehntausend Bergarbeiter, davon haufenweise Kinder. Lebt man hier, hat man keine Alternative. Fast die ganze Bevölkerung ist abhängig vom Minenberg Cerro Rico. Tagtäglich bauen wir hier Zinn, Kupfer, Zink und Blei ab. Früher gab es noch Silber. Es wird nicht mehr lange dauern, bis auch die anderen Bodenschätze endgültig geplündert sind.

Viele Menschen verlieren ihr Leben in den Minen. Sie verunfallen, stürzen ab oder erliegen einer Lungenkrankheit. Wer hier arbeitet, ist sich bewusst, dass jeder Tag der letzte sein könnte. Meinen Bruder erwischte es vor einem Jahr.

Wie immer sind wir zusammen zum Berg gelaufen, haben unsere Arbeitskleider angezogen und den Schutzhelm aufgesetzt. Die Stirnlampe zur Orientierung im Dunkeln, ein Tuch zum Schutz unserer Atemwege. Darunter kauten wir Kokablätter, um Hunger und Durst zu unterdrücken und lange arbeiten zu können. Es war ein anstrengender Tag, wie immer. Ich beendete meine Schicht früher. Mein Bruder wollte noch den letzten Teil im Stollen abarbeiten.

Ich war bereits im Bett, als das Telefon klingelte. «Dein Bruder liegt schwerverletzt im Krankenhaus.» Ich rannte hin, so schnell ich konnte. Doch als ich dort ankam, war es bereits zu spät. Er war zehn Meter in die Tiefe gestürzt, hinter ihm eine vierzig Kilogramm schwere Maschine, die ihm den Brustkorb zertrümmert hatte. Er war gerade einmal sechsundzwanzig Jahre alt, als er starb.

Ich brauchte einige Tage, bis ich zurück an die Arbeit gehen konnte. Meine Gedanken waren kaum auszuhalten, und den Todesort meines Bruders zu betreten, machte mir Angst. Doch ich wollte seine Arbeit für ihn zu Ende bringen. Während wir schürften, hörten wir plötzlich Schreie. Zuerst dachte ich, es sei eine Gruppe, die weiter unten arbeitete. Also ging ich runter, um nachzuschauen, ob jemand verunfallt war. Niemand da. Es herrschte Totenstille. Als ich wieder nach oben ging, fingen die Schreie erneut an. Ich versuchte, herauszufinden, woher sie kamen, aber ausser uns war keiner da. Es war furchteinflössend. Einen Tag später sah ich an der gleichen Stelle das flackernde Licht einer Stirnlampe, im nächsten Augenblick war es wieder dunkel. Ich suchte nach der Lichtquelle, vergeblich. Plötzlich stürzte der Stollen ein. Mehrere Stunden lag ich unter Steinen vergraben und rang nach Luft, bis mich ein Arbeiter aus den Trümmern befreite.

Im Nachhinein bin ich überzeugt, dass mein Bruder diesen Ort heimsuchte; dass er es war, der geschrien hatte. Ich denke, er wollte mich zu sich holen. Seit dem Einsturz des Stollens habe ich ihn nie mehr schreien gehört.

Jeden Tag bevor wir in die Mine gehen, machen wir ein Kreuz für Gott, dass er uns lebendig wieder rauslässt. Und jeden Freitag geben wir dem Teufel Gaben – Zigaretten, Kokablätter –, damit er besänftigt ist und uns verschont. Nach getaner Arbeit spüre ich immer eine grosse Erleichterung. Die Arbeit in den Minen von Potosí muss ich hinnehmen. Ich arbeite hart, damit meine Kinder eines Tages eine bessere Zukunft haben. Sie sollen studieren und etwas aus ihrem Leben machen. Nur so haben sie die Chance, nicht an diesem Ort zu enden.

GORDON, 63

Die Taucherbrille aufsetzen, abtauchen und ein Teil von dieser anderen Welt werden. Die Mysterien der Unterwasserwelt zu entdecken, übt auf mich nach wie vor eine grosse Faszination aus. Ich liebe Abenteuer.

Ende fünfziger Jahre wurden in Südafrika innerhalb von vier Monaten sechs Menschen von Haien getötet. Panik brach aus. Diese Tiere seien Menschenfresser, unberechenbar und gefährlich, hiess es. Lebendig gefressen zu werden, ist ein Horrorszenario, eine Urangst des Menschen. Diese Angst empfand ich nie, immer nur grossen Respekt.

Bereits als Kind spürte ich eine tiefe Verbundenheit mit dem Meer. Mich beeindruckten die Meeresbewohner, ihr Verhalten und ihr Lebensraum. Die Sommerferien verbrachte ich meistens in einer Bucht in der Nähe von Kapstadt. Mit meinen zwei älteren Brüdern lernte ich Speerfischen und Freitauchen. Wir erkundeten die Unterwasserwelt, lernten sie zu verstehen und zu schätzen. Durch das Speerfischen wurden oft Haie angelockt. Sobald wir sie sehen konnten, verliessen wir das Wasser. Doch allmählich gewöhnte ich mich an diese Raubfische und entwickelte ein inneres Vertrauen. Ich bewunderte ihr Wesen und akzeptierte sie als Fische, in deren Lebensraum wir uns bewegten.

Als ich dreizehn war, bauten meine Brüder und ich eine Unterwasserkamera mit einem Gummigehäuse. Wir tüftelten so lange daran herum, bis sie in einer Tiefe von zehn Metern noch funktionierte. Mit meinen ersten Aufnahmen entdeckte ich meine grosse Leidenschaft. Später in der Schule leitete ich eine Gruppe von Schulfotografen, und mit zwanzig gehörte ich zu den ersten Auszubildenden des südafrikanischen Fernsehens.

1984 erhielt ich den Auftrag, mit einer 16-Millimeter-Filmkamera das Treiben der Robben zu filmen. Während der Dreharbeit schwammen drei Weisse Haie an mir vorbei und machten Jagd auf die Robben. Ich war einer der ersten, die den Weissen Hai vor der Kamera hatten. Es folgten weitere Unterwasserdrehs für TV-Programme, Werbungen und Dokumentarfilme.

1992 produzierte ich mit dem inzwischen verstorbenen Ron Taylor und seiner Frau den ersten internationalen Dokumentarfilm über den Weissen Hai für Discovery Channel. Ein Jahr später kam die Fortsetzung.

An einem dieser Drehtage erlebte ich den magischsten Augenblick meines Lebens: Ich war unter Wasser, ausserhalb des Käfigs. Die Sicht an diesem Tag war auf drei Meter beschränkt. Durch den Sucher meiner Kamera sah ich einen Schatten auf mich zukommen, der immer grösser wurde. Von oben auf dem Boot hörte ich Schreie. «Ein Weisser Hai!» Ich blieb ruhig, versuchte seine Körpersprache zu lesen. Leicht und gemächlich glitt er durchs Wasser, schwamm direkt auf mich zu. Noch nie hatte ich etwas so Grosses gesehen. Ich konnte nur noch seine Schnauze deuten, dann streifte er meine Kamera und schwamm dicht an meinem Körper vorbei – so nah, dass ich ihn spüren konnte –, als sei es das Normalste der Welt. Dieser Moment dauerte vielleicht zehn Sekunden. Zehn Sekunden, die ich gerne für immer angehalten hätte. Meine Faszination war zu gross, um Angst zu verspüren. Ich war völlig überwältigt. Zurück auf dem Boot, sagten mir die Kollegen, dass die Grösse des Hais die Länge unseres Bootes übertroffen habe. Mein Adrenalinspiegel stieg noch mehr an. Eine Begegnung mit einem über sieben Meter langen Weissen Hai ist höchst selten. Ich durfte es erleben – ohne Konsequenzen. Ein wahres Privileg.

Wenige Stunden später, als die Sicht klarer wurde, ging ich zurück ins Wasser. Insgeheim wünschte ich mir, dass ich diesen gigantischen Räuber nochmals sehen würde. Doch er kam nicht zurück. Dieses Ereignis war magisch, einzigartig – und es blieb einmalig.

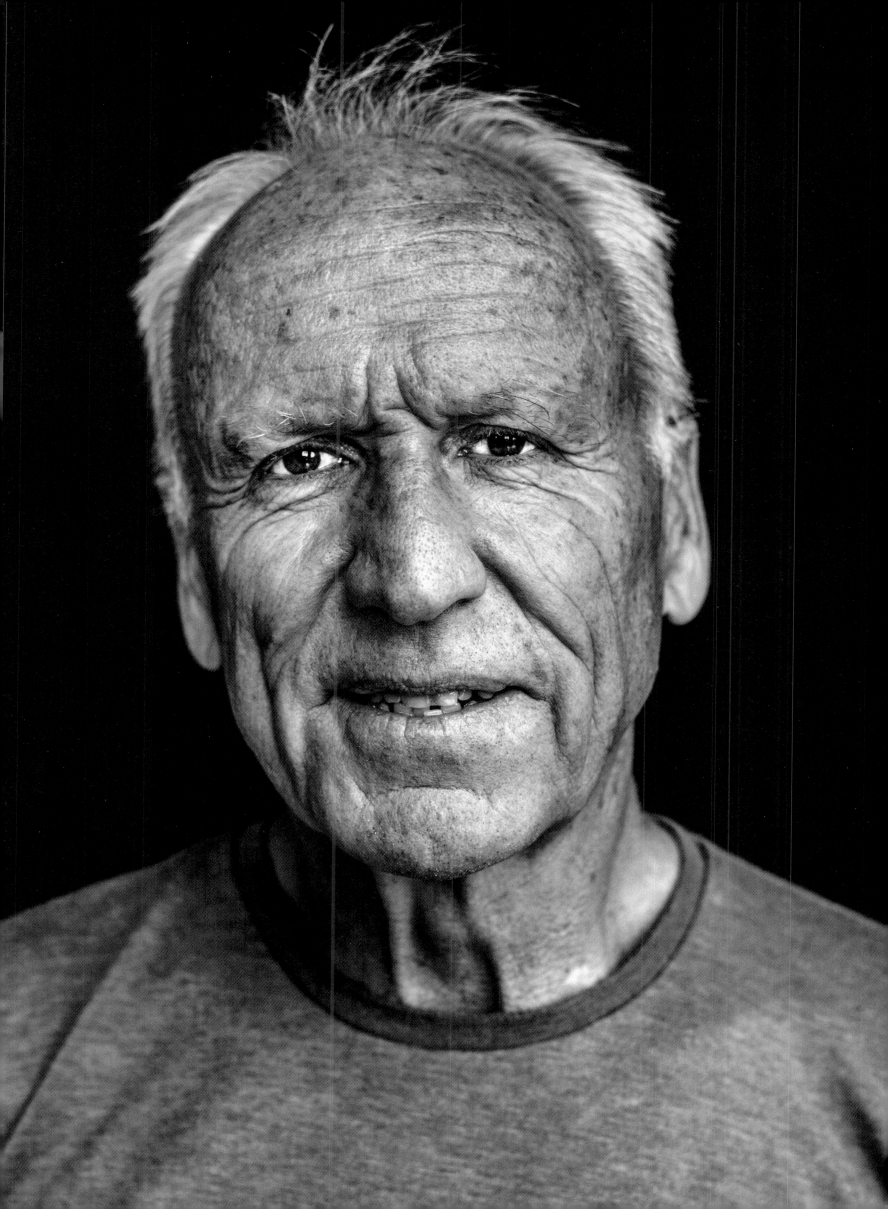

KATE, 26

10. JUNI 2017, MANHATTAN, NEW YORK

Bis vor fünf Jahren lebte ich in einer Amish-Gemeinde. Meine Familie lehnte den meisten technischen Fortschritt ab. Wir hatten keinen Fernseher, kein Radio, kein Smartphone, keinen Computer und kein Auto. Wir hatten nicht einmal Strom. Um Lesen zu können, zündeten wir eine Gaslampe an.

Ich bin in Pennsylvania aufgewachsen, als mittleres von sieben Kindern. Ein typischer Tag begann morgens um sechs, manchmal sogar um drei Uhr dreissig, wenn wir unser Gemüse, Getreide und unseren Mais vom eigenen Bauernhof verkauften. Bis zu meinem fünfzehnten Lebensjahr ging ich zur Schule. Vor dem Unterricht melkte ich die Kühe und half bei anderen Aufgaben auf dem Bauernhof. Wieder zu Hause, packte ich bei der Ernte oder im Haus mit an. Abends um neun ging ich müde ins Bett. Gearbeitet wurde montags bis samstags. Am Sonntag galt striktes Arbeitsverbot. Nicht einmal Götterspeise durfte man machen.

Für alles gab es Regeln und Abläufe. Die einzige Verbindung zur Aussenwelt war die Zeitung. Meine Freizeit verbrachte ich mit Lesen, Malen und Skizzieren. Ich träumte davon, eine unabhängige Geschäftsfrau zu werden. Am meisten interessierte mich die Mode. Doch so etwas hat im Leben der Amish keinen Platz – Männer tragen einen traditionell geschnittenen schwarzen Anzug und einen Hut, Frauen ein Häubchen und einfache Kleider. Jegliche Art von Schmuck und Schminke ist untersagt. Die Haare werden zu einem Zopf oder Dutt gebunden. Die Aufmerksamkeit soll auf wichtigere Dinge wie Familie, Glaube und Arbeit gerichtet sein.

Während dieser Lebensstil für die meisten der Gemeinschaft funktionierte, rebellierte mein kreativer Geist gegen die Idee dieser Konformität. Meiner Meinung nach sollte der Schwerpunkt auf der Persönlichkeit und nicht auf einer Kleiderordnung liegen. Ich strebte nach Anonymität und Akzeptanz, nach einer neuen Chance und einer Veränderung. Nach jahrelanger Planung nahm ich all meinen Mut zusammen und ging. Ich war einundzwanzig Jahre alt und zum ersten Mal von zu Hause weg.

Zuerst zog ich nach Florida, nach einem Jahr kam ich bei einer Modelagentur unter Vertrag, schliesslich landete ich in New York. Es folgten viele Fotoshootings für Modemagazine und Auftritte im Fernsehen. Ich schaffte es sogar auf den Laufsteg der New York Fashion Week. Die Zusammenarbeit mit den Designern inspirierte mich, selbst Kleider zu entwerfen. Mittlerweile habe ich eine eigene Modelinie und studiere Modedesign am Fashion Institute of Technology.

New York ist laut und überwältigend. Mich im neuen Leben zurechtzufinden, war nicht einfach. Vieles musste ich zuerst lernen: wie Beziehungen funktionieren, wie die Erwartungshaltung anderer Menschen ist oder wie man kommuniziert. Doch ich bin stolz, meine eigene Entscheidung getroffen zu haben, und habe mich allmählich in die Energie dieser vielfältigen Bevölkerung verliebt. Umgeben von Menschen aus der ganzen Welt zu sein, gab mir die Kraft, zu werden, wer ich sein wollte. Hier spielt es keine Rolle, woher man kommt. Ich definiere mich durch meine Absichten und Bemühungen, nicht durch meinen religiösen oder kulturellen Hintergrund. Ich bin nicht, wer ich gestern war, und vor allem nicht, wer ich vor fünf Jahren war.

Das Leben der Amish möchte ich nicht verurteilen. So aufzuwachsen, hat auch Positives: Ich habe gelernt, hart zu arbeiten und Verantwortung zu übernehmen. Und auch heute noch lebe ich sparsam. Ich kaufe nur Dinge, die ich wirklich brauche. Kleider werden so lange getragen, bis sie abgenutzt sind. Aber im Allgemeinen hat das Leben der Amish nicht meiner Vorstellung entsprochen. Meine Geschwister hingegen sind glücklich in dieser Gemeinschaft.

Meine Familie besuche ich zweimal pro Jahr. Ich erzähle ihnen von New York, nicht aber von meinem Job. Sie ermutigen mich zurückzukehren, doch das kommt für mich nicht in Frage.

Eltern haben oft gewisse Vorstellungen, was aus ihren Kindern einmal werden sollte, welche Schule die richtige für sie ist oder welches Hobby zu ihnen passt. Doch jeder Mensch sollte zu sich selbst finden. Vielleicht mag ihre Vorstellung des Lebens komplett von jener der Eltern abweichen. Doch so sind wir Menschen. Wir sind individuell und verändern uns Tag für Tag. Heute führe ich ein komplett anderes Leben. Ich habe neue Ansichten und viele Ziele. Doch es nimmt nichts von dem weg, was bereits da war. Es fügt bloss Neues hinzu.

NICK, 54

Vergeben und loslassen. Wenn dir jemand etwas Schlimmes antut, versuchst du mit aller Kraft, dieser Person zu vergeben. Weil du sonst nicht loslassen kannst. Doch manchmal ist dies ein Ding der Unmöglichkeit.

Ich wurde in Philadelphia geboren, als fragiler Junge mit vielen Träumen. Das Träumen wurde mir mit sieben genommen, als mich ein Nachbar vergewaltigte. Die erste Erfahrung mit Alkohol und Cannabis machte ich mit elf. Es folgte eine turbulente Jugend mit Diebstählen und harten Drogen. Doch das war erst der Anfang.

1981 wurde in Delaware, an der Grenze zu Pennsylvania, eine junge Frau entführt, vergewaltigt und mit mehreren Messerstichen getötet. Vier Tage später geriet ich in Chester, Pennsylvania, mit einem gestohlenen Auto in eine Polizeikontrolle. Heftige Auseinandersetzung. Eskalation. Verhaftung. Im Knast las ich in der Zeitung von dem Mordfall in Delaware. In der Hoffnung auf eine Strafmilderung machte ich eine Falschaussage: Ich wüsste, wer der Mörder dieser Frau sei. Doch die Polizei durchschaute meine Lüge – und so wurde alles noch viel schlimmer. Plötzlich war ich der Hauptverdächtige, der angebliche Mörder dieser Frau. Meine Unschuld beweisen konnte ich nicht, DNA-Analysen gab es damals noch keine. So begann mein Albtraum.

1982 wurde ich wegen angeblicher Entführung, Vergewaltigung und Mordes zum Tode verurteilt. Die Geschworenen nannten mich «weissen Abschaum». Beim Prozess spuckten sie meiner Mutter ins Gesicht. Mein Vater verlor seinen Job. Für ein weiteres Verfahren hatte ich kein Geld. Einundzwanzig Jahre alt, unschuldig zum Tode verurteilt. Ich kam nach Pennsylvania – in eines der härtesten Gefängnisse der USA, bekannt für die Folter an Gefangenen.

Die ersten zwei Jahre verbrachte ich in Stille. Ich war ein Niemand. Die Gesellschaft sah in mir ein Monster. Was im Gefängnis geschah, war unmenschlich. Ich wurde bedroht, misshandelt und von den Wärtern fast zu Tode geprügelt. Durch die schweren Verletzungen erlitt ich Infektionen. Ich hatte unerträgliche Schmerzen. Um diese Qualen zu überstehen, fing ich an, mir Geschichten zu erzählen. Ich begann zu lesen, bis achtzehn Stunden täglich. Das Lesen veränderte meine Perspektive. Ich hatte plötzlich ein Ziel: Am Tag meiner Exekution wollte ich etwas Wundervolles zitieren können, um zu beweisen, dass es das Monster in mir nicht gab.

Eines Tages besuchte mich Jacque, eine Frau, die erfahren wollte, wie es ist, in einem der schlimmsten Gefängnisse der USA zu leben. Ich machte ihr klar, dass es nicht wichtig ist, wo man sich befindet. Wichtig ist nur, wer man ist. Sie besuchte mich fortan regelmässig. Ich verliebte mich.

1988 erfuhr ich, dass erste DNA-Tests durchgeführt worden seien. Hoffnung. Ich war einer der ersten Todeskandidaten, die eine DNA-Analyse verlangten. Fünf lange Jahre dauerte es, bis der Test abgeschlossen war. Dann die Ernüchterung: nicht beweiskräftig. Ein neuer Hoffnungsschimmer in den neunziger Jahren: Weitere DNA-Tests verschiedener Beweisstücke wurden durchgeführt. Erfolglos.

Neun Jahre lang war Jacque an meiner Seite. Sie hatte den Mut, mich zu lieben. Dieses Geschenk werde ich nie vergessen. Doch was sollten wir tun? Wir hatten diese wundervolle Liebe, aber Jacque lebte in einem leeren Haus voller Anwaltspapiere. Ich schickte sie weg, liess sie gehen. Es brach mir das Herz.

2003 konnten die DNA-Tests endlich meine Unschuld beweisen. Die Spermareste unter den Nägeln des Opfers stimmten nicht mit meiner DNA überein. Die Wärter sonderten mich ab. Ihre Angst war zu gross, dass ich an ihnen Rache nehmen würde, sobald ich in Freiheit wäre. Ich blieb weitere acht Monate in Haft.

Am 15. Januar 2004 wurde ich entlassen. Dreiundzwanzig Jahre lang hatte ich in der Todeszelle gesessen. Diese Zeit hatte mich verändert, ich war ein anderer Mensch geworden. Aber ich hatte Mühe, mich an die Freiheit zu gewöhnen. Da draussen wusste ich nicht, wer ich war, ich reagierte allergisch auf die frische Luft. Nach der langen Zeit, die ich allein verbracht hatte, war mir die Welt zu laut. Zeit, das Verpasste nachzuholen, bleibt mir nicht. Ich muss diese Jahre ruhen lassen.

Meine Geschichte ist schrecklich, sie schmerzt. Aber ich tat das Einzige, was meine Mutter stolz machte. Ich gab ihren Gebeten eine Bedeutung. Heute kümmere ich mich um andere Menschen, anstatt zu jammern, dass ich selbst niemanden hatte.

Die Menschen fragen mich, weshalb ich nicht verbittert sei. Die Antwort auf alles ist: Liebe. Nicht zuletzt jene zu mir selbst. Denn auch wenn ich wie ein Monster behandelt wurde; ich bin gut, wie ich bin. Das sage ich mir jeden Tag. Wenn ich an dieser Ansicht festhalte, kann mir niemand das Gefühl geben, ein Monster zu sein.

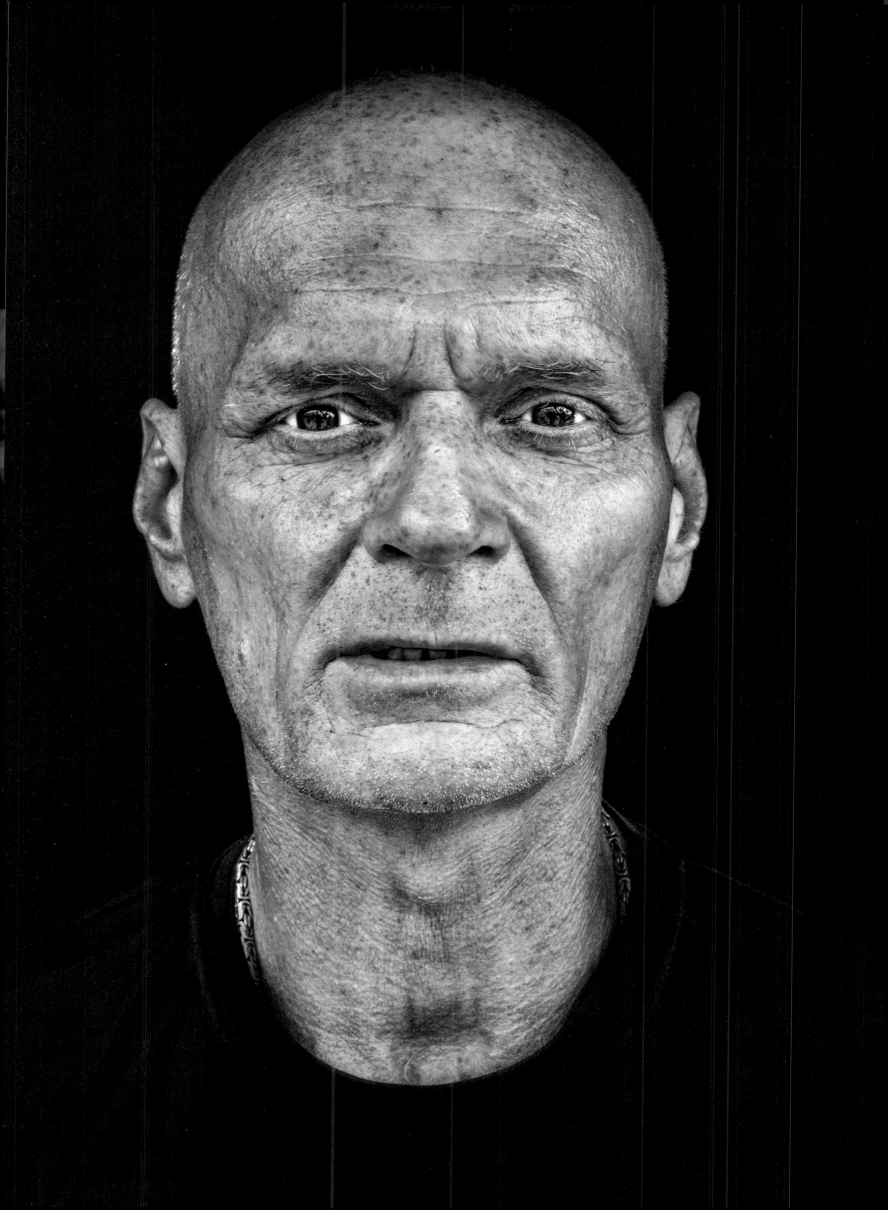

CHRISTINA, 52
5. NOVEMBER 2015, WILLOQ, PERU

Ich hätte so gern lesen und schreiben gelernt. Mein grösster Wunsch war es, irgendwann zur Schule gehen zu können. Doch ich habe akzeptieren müssen, dass dies nicht mein Schicksal war.

Meine Mutter starb kurz nach meiner Geburt. Später ging mein Bruder fort und kam nie mehr zurück. So musste ich bereits als junges Mädchen meinem Vater bei der Feldarbeit helfen, für die Tiere sorgen, kochen und Kleider nähen. Frühmorgens bis spätabends. Er war auf mich angewiesen, denn es gab nur uns. Ich musste mit ansehen, wie andere Kinder sich auf den Weg zur Schule machten. Ich blieb zurück.

Als ich zehn Jahre alt war, starb auch mein Vater. Völlig unerwartet, genau daran erinnern kann ich mich nicht mehr. Eine Frau aus der Nachbarschaft adoptierte mich und versprach, sich um mich zu kümmern. Doch sie schrie mich an, beschimpfte mich und benutzte mich als ihre Sklavin. Ich musste Kleider und Schmuck für die Märkte nähen, schuftete bis spät in die Nacht und fiel jeden Tag erschöpft ins Bett. Mein Wunsch nach Schulbildung blieb unerfüllt.

Ich lebte bei dieser Frau, bis ich heiratete. Dieses Dorf zu verlassen, war jedoch nie möglich. Dazu fehlte mir das Geld. Ich brachte zwei Mädchen und einen Jungen zur Welt. Ich gab alles dafür, dass wenigstens meine Kinder zur Schule gehen können. Sie sollten ein besseres Leben haben als ich. Doch auch ihnen war eine Schulbildung verunmöglicht, mir waren die Hände gebunden. Mein Mann war gefühlsarm und aggressiv. Die Arbeit überliess er mir und unseren Kindern. Es gab Zeiten, da mussten wir hungern und wussten nicht, wie wir die nächsten Tage überstehen sollten. Meinem Mann war das egal. Nun ist er krank und sitzt gelähmt in einem Stuhl.

Ich frage mich oft, wieso mich dieses Schicksal getroffen hat. Was ist der Sinn dahinter? Vielleicht gibt es keinen. Vielleicht muss es einfach so sein. Ändern kann ich es sowieso nicht. Ich bin müde und mit meiner Kraft am Ende. Wenn ich könnte, würde ich aufgeben und verschwinden. Einfach ins Nichts. Fort. Doch mein Mann ist krank, und ich muss meine Familie versorgen. Bald wird er von uns gehen.

SHY, 30

16. OKTOBER 2015, SKID ROW, LOS ANGELES

———————

Viele Leute schrecken zurück, wenn sie mich sehen. Einige können mir nicht einmal in die Augen schauen. Für viele ist mein Aussehen abnormal. Doch was ist schon die Norm?

Ich liebe die endlosen Möglichkeiten, einen Körper zu verzieren. Früh lernte ich das Piercinghandwerk. Ich verbesserte mich stetig und bekam einen Job in einem angesehenen Studio. Über die Jahre machte ich mir einen Namen und verdiente gutes Geld. Meine Leidenschaft für den Körperkult konnte ich zum Beruf machen.

Ich war hochmotiviert, arbeitete sechzehn Stunden und stach bis zu dreissig Piercings pro Tag. Ich habe gekämpft, um meinen Traum leben zu können. Vielleicht zu verbissen, ich weiss es nicht. Jedenfalls wurde mir auf einmal alles zu viel. Mein Körper rebellierte, verunmöglichte mir jede weitere Arbeit. Von heute auf morgen stand mein Leben still – ich hatte ein Burnout.

Verzweifelt wollte ich wieder dieses Hoch und diese unbändige Energie spüren. Ich wollte zeigen, was ich kann, hatte Angst, meinen Ruf zu verlieren und in Vergessenheit zu geraten. Drogen halfen mir. Kokain, LSD, psychedelische Pilze. Sie pushten mich, waren zuverlässig und gaben mir die nötige Kraft oder Inspiration. Sie machten mein Leben wieder lebenswert. Doch die Drogen veränderten auch meinen Charakter. Alles wurde mir egal. Ich baute Scheisse, geriet in Schwierigkeiten und verlor meine Stelle.

Durch ein Jobangebot kam ich nach Oregon. Neue Umgebung, neue Wohnung, neue Aussichten. Und neue Hoffnung. Was ich nicht wusste: Oregon hat eines der strengsten Gesetze bezüglich Arbeitslizenzen. Nach wenigen Monaten lief meine temporäre Lizenz aus, und mir fehlte ein einziges Dokument für die Arbeitsbewilligung. Nur ein kleines Stück Papier! Wieder verlor ich meinen Traumjob. Meine Vision, meine Hoffnung, alles wurde auf einen Schlag zerstört. Ich war so wütend auf das System und schmiss alles hin. Per Anhalter fuhr ich nach Salt Lake City. Dort lebte ich einige Zeit auf der Strasse. Betäubt durch Crack und Heroin. Ich war am Tiefpunkt.

Dann lernte ich einen Typen kennen, der mir anbot, mich zurück nach Los Angeles zu fahren. Zum ersten Mal seit Monaten verspürte ich einen Hoffnungsschimmer – ich nahm sein Angebot an. Ich malte mir bereits mein neues Leben im alten Zuhause aus. Von den Drogen wollte ich ein für alle Mal die Finger lassen. Nach stundenlanger Fahrt holte ich an einer Raststätte eine Erfrischung für uns. Doch als ich aus dem Shop kam, war das Auto weg. Ich wartete den ganzen Tag, doch der Typ blieb fort. Mit all meinen Sachen; meinen Kleidern, meinen Papieren, meinem Telefon. Dem Einzigen, was ich noch besass. Ich wusste nicht einmal genau, wo ich gerade war. Wie kann ein Mensch so dreist sein?

Mit den letzten Cents aus meiner Hosentasche schaffte ich es einige Tage später nach Los Angeles. Ich landete in der Skid Row, einem Viertel, in dem Tausende Arbeitslose, Drogenabhängige und Kriegsveteranen auf der Strasse leben. Dieser Ort hier ist schlimm, für mich fast unerträglich. Jeden Tag schmiede ich Pläne, wie ich diesem Albtraum entfliehen könnte. Ich würde so gerne wieder in einem Piercingstudio arbeiten, doch ich besitze nicht einmal mehr einen Ausweis. Dennoch möchte ich mich nicht aufgeben. Denn ich bin verdammt noch mal gut in dem, was ich kann.

DANI, 43
25. MAI 2017, MALANS, GRAUBÜNDEN

Bereits als Kind lebte ich in einer anderen Welt – einer voller Fabelwesen und Geister. Sie war vielseitig und fantasievoll. Doch in einer solchen Welt zu leben, ist schwierig.

Ich bin im Prättigau aufgewachsen. An einem Ort, an dem viel geredet wird und Vorurteile herrschen. Meine Eltern sind wunderbar, doch sie legen grossen Wert auf die Meinung anderer. Das konnte ich nie verstehen. Ich wollte sein, wie ich war, und leben, wie ich wollte.
Ich wünschte mir auszubrechen, ohne zu wissen, wohin. Ich war ständig auf der Suche und hatte keine Ahnung, nach was. Ich wollte Grenzen ausloten, experimentieren, frei sein. Das eine Mal färbte ich meine Haare, das andere Mal rasierte ich mir eine Glatze. Ich trank Alkohol und rauchte Marihuana.
Mit einundzwanzig entdeckte ich weitere Drogen: Speed, Ecstasy, Kokain, LSD. Donnerstags bis sonntags lebte ich in einer anderen Welt – die meiste Zeit schlaflos. Wurde der Kick zu schwach, verdoppelte ich meinen Konsum. Ich war auf einer Achterbahnfahrt. Bin hoch geflogen und tief gefallen. Mit dreiundzwanzig hatte ich genug und fand den Ausstieg aus dieser Hölle.

Früher war ich Atheist. Übersinnliche Kräfte existierten für mich nicht. Und ein Leben nach dem Tod erst recht nicht. Ich glaubte an nichts. Doch dann konnte ich wieder Dinge sehen, die für andere unsichtbar waren. Die als Kind verspürte Sensibilität für die Parallelwelt war wieder da.
Bei einer Wohnungsbesichtigung zum Beispiel sah ich einen Mann im Zimmer hängen. Wie ich danach erfuhr, hatte sich der Vormieter in dieser Wohnung erhängt. Scheisse! Ich wollte das nicht, versuchte es zu unterdrücken. Doch ich konnte nicht. Ich habe Tote gesehen und Geister gespürt. Ahnte, wenn an einem Ort etwas nicht stimmte. Und was ich wahrnahm, war tatsächlich so passiert. Immer wieder bestätigte sich das. Ich war wütend und hatte Angst, alleine zu sein.
Ich suchte Hilfe bei einer Schamanin und bin viel gereist. Ich begab mich in neue Kulturen und begann, Religionen zu studieren, das Leben und mich zu hinterfragen. Auf der Suche nach mir selbst meditierte ich in vielen Regionen Asiens und landete unter anderem in Goa bei einem blinden Yoga-Lehrer aus dem Himalaya. Es mag komisch klingen, aber er sah einiges mehr als manch ein Sehender. Ich lernte viele solcher Menschen kennen, die «mehr» sehen. Sie alle sagten mir, dass es eine Gabe sei, die grosses Potential habe. Dies würde ich mit der Zeit selbst herausfinden. Heute weiss ich, was sie meinten.

Ich habe den tiefsten Punkt in meinem Leben kennengelernt und mit meinen Dämonen getanzt. Doch mittlerweile habe ich erfahren, dass es mehr Licht als Dunkelheit gibt. Ich glaube, dass jeder Schöpfer seines eigenen Lebens und dessen Inhalts ist. Worauf du deine Gedanken richtest, dorthin fliesst auch die Energie. Früher, betäubt durch Drogen, schenkte ich dem Bösen mehr Kraft. Heute wähle ich Liebe. Bedingungslose Liebe.
Jetzt bin ich Familienvater und liebe es, mit meinem Sohn draussen in der Natur zu sein. Für uns gibt es dort Feen und Naturgeister. Einmal hat er gesagt, er habe Angst vor einem Hund, nur er konnte ihn sehen. Ich ging mit ihm zu diesem Tier, damit er ihm sagen konnte, dass es verschwinden solle. Es funktionierte. Mein Sohn sieht Fabelwesen – wie jedes andere Kind auch. Und das ist gut so.

FRENCH, 78
4. OKTOBER 2016, MAHÉ, SEYCHELLEN

Ich war Priester auf Praslin, einer Insel der Seychellen. Frisch verheiratet, gerade einmal zwei Wochen. Damals, 1975, dauerte die Fahrt mit dem Segelschiff nach Mahé rund vier Stunden. Und am 12. August in jenem Jahr hatte ich dort eine Kirchenzusammenkunft.

Am frühen Morgen tobte der Monsun, das Meer war rau. Wir waren zweiundzwanzig Personen an Bord der «Ero». Ich werde schnell seekrank, deshalb ruhte ich mich unter Deck aus. Etwa auf halbem Weg hörte ich, dass Wasser ins Schiff strömte. Durch den starken Aufprall der Wellen wurde die Kupferplatte am Bug des Schiffes weggerissen, und es füllte sich langsam mit Wasser, der Motor kam zum Stillstand.
«Das Schiff wird untergehen!», schrie Luc, unser Kapitän. Er verteilte Schwimmwesten und begann, aus leeren Dieselkanistern ein Floss zu bauen. Uns blieb ungefähr eine Stunde Zeit, bis das Schiff kentern würde. Zwar hatte ich Angst, doch ich versuchte mich zu beruhigen und begann zu beten.
Bevor wir von Bord springen mussten, wurde ein fünfjähriger Junge von einer Welle mitgerissen und in eine Luke gespült. Wir konnten ihn in letzter Sekunde an den Haaren herausziehen und retten. Dann sind wir ins Wasser gesprungen. Dort hat sich jeder mit einer Leine ans Floss gebunden. Ein starker Wellenschlag löste mein Seil, ich driftete ab. Krampfhaft versuchte ich, zurück zur Gruppe zu schwimmen, doch die Strömung war zu stark und ich zu schwach. Luc schwamm in meine Richtung, riskierte sein Leben, um mich zurückzuholen. Die Sicht war trüb und das Meer unerbittlich. Nach mehreren Stunden im kalten Wasser war ich am Ende meiner Kräfte, hatte kaum mehr Hoffnung. Ich betete zu Gott und bat ihn um Hilfe.
Der kleine Junge, den wir gerettet hatten, meinte: «Vater, wenn wir zurück am Ufer sind, kannst du mir etwas Geld geben, damit ich mir ein Eis kaufen kann?» Das war eine echte Aufheiterung. Dabei wussten wir zu diesem Zeitpunkt nicht einmal, ob wir es schaffen würden.
Und dann passierte etwas Seltsames: Ich sah ein gelbliches, flackerndes Licht auf dem Wasser; sanft, doch mit einer unglaublich kraftvollen Präsenz. Ich spürte, dass dies ein Zeichen Gottes war, der uns beistand. Da wusste ich, dass wir gerettet werden würden. Ich war total überwältigt und fing an zu weinen.
Sechs Stunden trieben wir auf dem offenen Meer, bis uns dieses Kleinflugzeug entdeckte und Rettungsboote nach uns schickte. Kurz vor dem Eindunkeln wurden wir geborgen. In der folgenden Nacht schaukelte mein ganzes Bett. Allmählich begann ich zu realisieren, was passiert war – und vor allem, was noch Schlimmeres hätte passieren können. Doch alle zweiundzwanzig Passagiere überlebten.

Der Untergang der «Ero» ist nun über vierzig Jahre her. Auch heute noch bedanke ich mich jeden 12. August bei Gott, dass er uns beschützt und heil zurückgebracht hat.

MARTIN, 62

13. SEPTEMBER 2017, STEIN AM RHEIN, SCHAFFHAUSEN

Als ich vierzig Jahre alt war, hatte ich eigentlich alles erreicht, was ich mir im Leben zum Ziel gesetzt hatte. Ich war glücklich verheiratet, hatte zwei gesunde Kinder und ein eigenes Heim. Dazu kam ein spannender Job beim Fernsehen, sogar eine eigene Sendung hatte ich, das Sporthintergrundmagazin «Time out». Es war wie ein drittes Kind für mich.

Ein Jahr lang hatte ich zusammen mit zwei Arbeitskollegen den Fernsehdirektor jede Woche mit Themenvorschlägen bestürmt und ihm gesagt: «Schau, so würde unsere Sendung diese Woche aussehen, wenn es sie denn gäbe.»
1990 durften wir sie endlich produzieren. Es wurde die beste und spannendste Zeit meines Lebens. Zu Spitzenzeiten hatten wir knapp eine Million Zuschauer, es war unglaublich. Nach elf Jahren aber kam das Aus. Die Chefredaktion wollte an diesem Sendeplatz ein anderes Produkt. Ein fernsehpolitischer Entscheid, unsere Meinung war nicht gefragt.
Danach fiel ich in eine Lebenskrise, ich verlor ein Stück von mir selbst. Ich hatte keine klare Aufgabe mehr, mir fehlte die tägliche Auseinandersetzung mit der Materie, mit den Kollegen. Dieser Austausch ist für mich essentiell, nur so komme ich auf gute Ideen.
Im selben Jahr ging dann meine Ehe in die Brüche. Ich wollte die Trennung nicht, aber sich alleine dagegen sträuben bringt ja auch nichts. Wir liessen uns scheiden. Die Kinder blieben bei mir, tagsüber kümmerte sich meine Ex-Frau um sie, über Nacht schaute ich zu ihnen. Und ich wurde noch mehr zum Einzelkämpfer.
Dieses verflixte Jahr 2001. Einmal mehr geschah bei mir alles gleichzeitig. Das war immer wieder so, im Guten wie im Schlechten. Einmal schaffte ich es innert zehn Minuten, mein linkes Handgelenk zu verstauchen und das rechte zu brechen. Es ist irgendwie bezeichnend für mich. Wenn

etwas gut läuft, kommt alles gut, und es gelingen Dinge, an die du eigentlich nicht wirklich geglaubt hast. Und wenn es schlecht läuft, dann läuft eben auch alles schlecht. Im Fussball sagt man, wenn es dir gut läuft, dann kannst du auf den Ball schlagen, und er geht rein. Und wenn es dir schlecht läuft, schlägst du den gleichen Ball, und er landet am Pfosten oder geht daneben.
Das Scheitern meiner Ehe, der Verlust meines Familienlebens und meiner Sendung schmerzte, und ich brauchte externe Hilfe, um darüber hinwegzukommen. Ich musste lernen, ehrlich zu mir selbst zu sein und mich in Frage zu stellen. Irgendwann kam der Moment, da wollte ich aus meinem Eigenheim raus und alles zurücklassen. Aber ich brachte die Kraft dazu nicht auf. In der Therapie wurde mir klar, dass ich Mühe hatte loszulassen. Zu akzeptieren, dass etwas zu Ende ging, fiel mir unglaublich schwer. Ich versuchte die Dinge, die mich glücklich gemacht hatten, zusammenzuhalten. Aber ich habe dann gemerkt, dass ich sie so erst recht verliere.
Das Leben ist ein ständiger Prozess des Loslassens. Nichts ist für immer. Am Ende kannst du nichts mitnehmen. Es nützt dir kein bisschen, wenn du der Reichste auf dem Friedhof bist. Davon kannst du dir nichts kaufen. Nur wenn du im Leben loslassen kannst, bist du wirklich frei.

Wenn ich jetzt zurückblicke, muss ich sagen: Diese Verluste waren wichtige Erfahrungen für mich und meine persönliche Entwicklung. Erst durch diese Ereignisse habe ich erkannt, wie viel Glück ich hatte. Früher war mein Leben zu einfach, alles funktionierte, ich musste mich nicht gross bemühen. Dann lernte ich: Glück darf man nicht als selbstverständlich sehen; man kann nie davon ausgehen, dass das Gute immer so bleibt.

JANINE, 44
23. JANUAR 2015, ZÜRICH

Ich habe ein zu grosses Herz. Ein zu grosses Herz, das mich krank macht. Es bildet Inseln in der Innenwand, die es meinem Blut erschweren hindurchzufliessen. Meine Körperwerte prophezeien meinen Tod.

Seit Jahren sind meine Aussichten miserabel. Schon die kleinste Aktivität erschöpft mich. Beim Kämmen der Haare atme ich schwer. Ich schaffe es kaum aus dem Haus. Mein ständiger Begleiter ist ein Defibrillator, eingepflanzt in meine Brust. Er gibt meinem Herz immer dann einen Impuls, wenn es aufhört zu schlagen.

Die Medizin ist am Limit. Retten könnte mich nur ein Spenderherz. Doch soll jemand für mich sterben? Diesen Gedanken halte ich nicht aus. Mich auf die Prioritätenliste setzen lassen und verkabelt in der Intensivstation ausharren? Das werde ich nicht freiwillig machen.

Das Schlimmste an meiner Krankheit ist die Einsamkeit. Mein Psychiater warnte mich vor ein paar Jahren: «Deine Familie ist das Einzige, was dir bleiben wird.» Als Lehrerin hatte ich ein grosses soziales Netzwerk und war oft unterwegs. Wir waren eine Clique, die zusammen durch dick und dünn ging – dachte ich zumindest. Ich sagte mir: «Meine Freunde werden mich besuchen und für mich da sein.» Ein romantischer Gedanke. Doch Menschen fürchten sich vor der Vergänglichkeit. Wie redet man mit einer todkranken Person?

Bis auf einen Freund sind alle fort. Sie hatten auf einmal Berührungsängste, waren überfordert. Und ich war enttäuscht. Meine beste Freundin meinte: «Ich liebe dich so sehr, dass ich dich nicht länger begleiten kann ...»

Ein Mensch definiert sich durch sein Umfeld. Wird man isoliert, erfährt man keine Wertschätzung. Nachdem fast alle Freunde weg waren, war ich total aus dem Gleichgewicht. Bin gefallen ohne Halt. Verfolgt von Suizidgedanken. Um das alles allein zu schaffen, fühlte ich mich zu schwach. Es scheint paradox, doch die Sterbehilfe half mir weiterzuleben. Seit einigen Jahren habe ich das Rezept für die Todestropfen. Selbst entscheiden zu können, wann ich gehen will, hat mich sehr entlastet. Die Selbstmordgedanken sind verschwunden, und ich habe gelernt, mit mir allein auszukommen. Bücher und Computerspiele haben mich abgelenkt. Ich habe psychologische Hilfe geholt, Kurse für Schwerkranke besucht und angefangen, meinen Tag neu zu strukturieren. Am meisten half mir Qigong. Die chinesische Meditationsform lehrte mich, die Dinge anders zu werten. Ich war aktiv. Bis ich aufs Sofa verbannt wurde. Es ist mir gelungen, dies als Form der Erholung anzuschauen.

Die eigene Situation empfindet man oft als unerträglich. Doch was ist mit all den anderen Menschen, die tagtäglich um ihr Überleben kämpfen müssen? Der Mensch kann sich an die schlimmste Situation gewöhnen.

Mir wurde bewusst, dass ich mein Leben nicht komplett kontrollieren kann. Dennoch möchte ich selbstbestimmt sein – so lange wie möglich. Mein inneres Feuer ist gross. Ich will den Moment geniessen, nicht warten. Vereinzelt versuche ich, die Vorstellung einer Zukunft zuzulassen. Doch ich möchte nicht in einer Traumwelt leben.

JADE, 32

Ich war Howard, gefangen im falschen Körper. Aufgewachsen in einem prüden Vorort, unter armen Bedingungen. Um in Amerika aufs College zu gehen, ohne mich für den Rest meines Lebens in die Schulden zu stürzen, blieb mir nur ein Weg: die US-Army.

Mit achtzehn meldete ich mich zum Militärdienst. Ich musste in den Irak und nach Afghanistan: Anschläge. Tote. Krieg. Was tat ich da? Ich fühlte mich schrecklich und wollte mich aufgeben. Mit einundzwanzig Jahren war mein Dienst zu Ende. Körperlich blieb ich unversehrt, doch ich war schwer traumatisiert. Niemand hatte mich vor den bitteren Kriegsfolgen gewarnt. Ich war auf mich selbst gestellt, hatte keine Hilfe, um das Erlebte verarbeiten zu können. Ich verlor mich im Gefühlschaos. Mit Alkohol und Drogen betäubte ich meine Gedanken und versuchte, die schrecklichen Bilder auszublenden. Das College war keine Option mehr.

Jahre vergingen, doch die Bilder blieben. Nichts hatte sich geändert. Neben der posttraumatischen Störung führte ich einen inneren unbewussten Kampf gegen mich und meinen Körper. Alles fühlte sich falsch an. Ich fühlte mich falsch an. Im Spiegel sah ich eine fremde Person. Ich musste raus. Raus aus diesem Körper, Howard endgültig hinter mir lassen.

Mit einer Hormontherapie wagte ich den ersten Schritt. Mit einunddreissig folgte die erste Operation zur Geschlechtsumwandlung. Ich betrachtete mich im Spiegel, und endlich empfand ich mein Spiegelbild als ehrlich. Ich sah mich: Jade.

Mit Howard liess ich einen grossen Teil meiner Vergangenheit zurück. Ich konnte mich befreien. Ich musste mich lösen, von den tiefliegenden Kriegsfolgen und vom Kampf, gefangen im falschen Körper zu sein.

Ich hoffe, dass die Menschen sehen, dass meine Entscheidung weitreichender ist. Sie sollen mich wahrnehmen, wie ich wirklich bin. Ich bin kein Mann in Frauenkleidern. Ich bin Jade, auf dem richtigen Weg, ein gutes Leben zu führen. Und sollte ich von diesem Weg abkommen, weiss ich heute: Das Leben bietet verschiedene Optionen. Egal was passiert, ich werde immer wieder auf meinen Pfad zurückfinden.

BRYN, 27

Schon immer war Basketball ein wichtiger Teil meines Lebens. Bereits mit dreizehn habe ich auf gutem Niveau gespielt, vier Jahre später war ich in Simbabwe Kapitän meiner High-School-Mannschaft. Ich bin viel gereist, um an nationalen Turnieren zu spielen, und träumte von einer Profikarriere.

Nach einer politischen Krise in Simbabwe wurde meine Schule geschlossen. Ich war neunzehn Jahre alt, hätte rumsitzen und mich von meiner Mutter durchfüttern lassen können. Doch ich entschloss mich, mein Leben selbst in die Hand zu nehmen. So bin ich zu meiner Tante nach Kapstadt gezogen, ins Quartier Hout Bay.

Die Situation in diesem Viertel war schlimm. Die Kinder rauchten, tranken Alkohol und waren auf Drogen. Sie kämpften auf den Strassen mit Messern – bereits Zehnjährige stachen sich gegenseitig nieder. Kinder ohne Perspektiven. Ich wollte helfen und gründete vor drei Jahren den Hout Bay Snipers Basketball Club. Ich wollte die Kinder von der Strasse holen, sie beschäftigen und eine geschützte Umgebung für sie schaffen. Giovanni Freeman, ein Amerikaner und Mitgründer einer Hilfsorganisation in Kapstadt, finanzierte Bälle und mobile Körbe. So konnte ich jeden Abend einen Parkplatz in ein Spielfeld verwandeln. Ich gründete Teams und brachte den Kindern bei, wie man Basketball spielt.

Im Basketball gibt es keine Politik, keine Religion, keine Rassenunterschiede. Alle sind willkommen, egal woher sie stammen. Wir sind ein Team und zugleich eine Familie. Jeder sorgt sich um jeden – auch neben dem Spielfeld, sei es bei Problemen oder bei Schwierigkeiten zu Hause. Ich bringe den Kindern bei, auch neben dem Platz diszipliniert zu sein. Sie sollen anderen ein Vorbild geben und zeigen, dass auch sie Grosses erreichen können.

Wir trainieren viermal die Woche. Am Freitag ist Pause – Zeit für ihre Hausaufgaben, die sie mir am Montag zeigen müssen. So habe ich die Kontrolle, dass sie auch in der Schule am Ball bleiben.

Dank Sponsoren konnten wir vor einem Jahr an einem Auswärtsspiel teilnehmen. Die Kinder standen zum ersten Mal auf einem richtigen Spielfeld. Vor grossem Publikum. Die Premiere gegen eine starke Mannschaft. Sie waren sprachlos und total ausser sich vor Enthusiasmus.

Leider folgte darauf sogleich die Enttäuschung. Sie verloren die Partie und weinten. Doch am nächsten Tag standen doppelt so viele auf unserem Trainingsplatz. Kinder voller Hoffnung, voller Tatendrang. Sie alle wollten kämpfen und gewinnen. Das nächste Spiel haben wir nur knapp verloren. Das hat sie stolz gemacht.

Vor Kurzem hatten wir unser erstes Heimturnier. Cheerleaders und Sängerinnen machten den Event zu einem Fest, das Publikum jubelte, und meine Kids holten den Sieg. Es war fantastisch, ein grosser Erfolg. Wir schafften es sogar in die lokalen Zeitungen.

Ich hatte viele schlaflose Nächte und Angst zu versagen. Rückblickend gab es jede Menge Hindernisse, die ich überwinden musste. Doch es hat sich gelohnt. Die Kinder haben dank mir Hoffnung. Auf der Strasse nennen mich viele «Basketball».

Meine Arbeit mache ich aus voller Überzeugung und tiefstem Herzen. Als ich begonnen habe, hatten viele Kinder nicht einmal Schuhe und wussten nichts von diesem Sport. Heute besitzen sie die komplette Ausrüstung – und sie sind dieses Jahr im Halbfinal der regionalen Meisterschaft gestanden.

Ich liebe es, zu sehen, wie die Kinder und Jugendlichen wachsen. Wie sie Träume entwickeln und hart daran arbeiten, diese zu erreichen. Und wie auch ihr Umfeld beginnt, sie zu unterstützen, und wie sie zusammen zu einem Team werden.

Ich arbeite in der Traumfabrik und lasse Fantasien wahr werden. Manchmal kneife ich mich, um zu prüfen, ob ich nicht doch träume.

Wie fast jedes Kind liebte ich Disneyfilme. Ganz besonders «Aristocats». Ich mochte die Zeichentrickfiguren so sehr, dass ich sie alle selbst zeichnen wollte. So kritzelte ich, immer und überall. Schon mit zwölf war mir klar, dass ich irgendwann an einem Zeichentrickfilm mitarbeiten möchte. Ich baute mir Luftschlösser im Kopf und stellte mir vor, eines Tages für Disney arbeiten zu können. Doch in der Schweiz, so sagte man mir, sei dies unrealistisch, zu abstrakt; eine brotlose Kunst. Meine Berufsberater waren verzweifelt. Ich hätte genauso gut Astronaut werden wollen. Zur Freude meiner Mutter machte ich eine Banklehre. Schnell wurde mir klar: Dies ist keine Arbeit für mich. Ich wollte meinem Traum nachgehen.

Mit einundzwanzig bewarb ich mich an der Animationsschule in Paris – neunhundert Bewerber, zwanzig Plätze. Und ich wurde tatsächlich aufgenommen. Nach der zweijährigen Ausbildung klopften Bosse von amerikanischen Studios an und boten mir einen Job beim Trickfilm «Der Prinz von Ägypten» an. Ich war baff. USA, Hollywood, DreamWorks! Mein Kindheitstraum wurde real. Ich kann es auch heute noch nicht wirklich begreifen. Anfangs hatte ich einen Kulturschock; ich brauchte sechs Jahre, um mich in dieser Grossstadt zurechtzufinden. Doch ich arbeitete hart und ambitioniert. Dann feierte ich meinen ersten grossen Erfolg: Für den Film «Drachenzähmen leicht gemacht» entwarf ich die Hauptfigur. Ich erweckte den Drachen Ohnezahn

zum Leben. Er ist eine Mischung aus Figuren anderer Cartoons und meiner Katze. Er widerspiegelt so manches, was ich mag, und bedeutet mir unheimlich viel.

Während der Entwicklung eines Animationsfilms begebe ich mich komplett in diese technische Welt. Für 4,5 Sekunden Film braucht es 150 Zeichnungen und die Mithilfe vieler Animatoren. Mittels Tausender von Kontrollpunkten manipuliere ich die Gestik und Mimik dieser digitalen Puppen und verleihe den Figuren emotionale Tiefe. In dieser Phase der Animationsproduktion setze ich mich so intensiv mit meinen Figuren auseinander, dass es mir schwerfällt, ein normales Leben zu führen und am Ende des Arbeitstages zurück in die Realität zu finden. Im Schnitt arbeite ich achtzehn Monate an der Vorbereitung und vierzehn Monate an der Produktion eines Films.

Mit der Finalisierung fange ich an, mich langsam zu lösen. Ich muss akzeptieren, dass meine Arbeit getan ist und der Film ist, wie er ist. Für mich ist dies oft ein Leidensprozess. Um Abstand zu gewinnen, fahre ich in dieser Zeit meistens weg. Am Tag der Premiere fühle ich mich wie in einem Rausch. Wenn der Soundtrack erklingt, überkommen mich solch starke Emotionen, dass ich mich total vergesse. Ein unglaubliches Gefühl.

Die vielen Hochs und Tiefs eines solchen Prozesses zu verdauen, dauert Monate. Für diese Arbeit braucht es die richtige Mentalität, viel Biss und eine Menge Durchsetzungsvermögen. Wir müssen uns immer wieder neu erfinden und ständig nach dem gewissen Etwas suchen. Denn wir alle sind kreative Träumer.

In der Sekte wurde mir eingetrichtert, dass es keine Opfer gibt. Dass ich selbst verantwortlich bin für mein Schicksal, dass meine Seele alles, was mir widerfährt, als Lernprozess für mich erschaffen hat. Mein Weltbild wurde zerstört. Ich verlor alles, woran ich zuvor geglaubt hatte.

Als Kind wollte ich Lehrerin werden und in Frankreich leben. Meine ersten Lebensjahre verbrachte ich auf einem Bauernhof in Niederbayern mit meinem jüngeren Bruder und meinen Eltern. Die Welt war in Ordnung. Zumindest meine kleine heile Welt. Die Ehe meiner Eltern jedoch kriselte. Auf der Suche nach neuem Lebenssinn fanden sie sich in der Esoterikszene wieder. Ein Seminar zur Weltrettungstheorie von Arno Wollensak versprach ihnen Glückseligkeit. So verkauften sie innerhalb weniger Monate unser ganzes Hab und Gut. Ich tobte und schrie. Ich war zehn Jahre alt, als wir nach Österreich in die rund vierzigköpfige Kommune von Arno zogen und Teil der Sekte Licht-Oase wurden.

Mein Bruder und ich wurden mit anderen Kindern in ein Zimmer gepfercht und fremdbetreut. Unsere Eltern durften wir nicht mehr mit Mama und Papa ansprechen. Arno trichterte den Erwachsenen ein, dass die Elternrolle unwichtig sei, da auch Kinder nur «alte Seelen» seien. Sie gaben sich fortan der Aufgabe hin, mit dem Geistwesen Ramtha zu kommunizieren. Dieses, so sagte Arno, könne die Mitglieder in Lichtwesen verwandeln, um sie vor dem Weltuntergang zu retten.

Anfangs wurden wir alle von Liebe überschüttet, auch die Erwachsenen. Tagelang sassen wir im Kreis und redeten miteinander. Für viele war es befreiend, ihr Innerstes mit Arno zu teilen und über die tiefsten Ängste und Sehnsüchte zu sprechen. Die Erwachsenen haben geweint, geschrien, gejubelt und gelacht, als wären sie unter Drogen. Unsere Eltern wurden uns immer fremder, irgendwie hatten wir sie verloren. Doch wir durften nicht einmal um sie trauern. Das war das Schlimmste. Erlaubt war nur die «Alles-ist-bestens-Haltung», um unsere Energie zu erhöhen. Wir durften nichts Negatives fühlen und keinen Zweifel gegenüber unserem Guru äussern.

Als die Medien in Österreich auf die «Licht-Oase» aufmerksam wurden, flüchtete Arno mit uns nach Belize in den Dschungel, fernab der Zivilisation. So behielt er die vollkommene Macht über uns. Er bestimmte, was wir zu tun hatten. Und wer mit wem schlief. Mit elf musste ich zum ersten Mal einen erwachsenen Mann küssen, später bei ihm übernachten. Mit fünfzehn versprach mich Arno Christoph, einem Mann im Alter meines Vaters. Ich hatte panische Angst, doch ich musste verliebt wirken. Die Grenze zwischen Kindern und Erwachsenen wurde aufgelöst. Mit Ritualen, welche die spirituelle Entwicklung beschleunigen sollten, wurden die Mädchen auf spätere Missbräuche vorbereitet. Die Eltern wehrten sich nicht, dadurch hätten sie die Mission der Weltrettung gefährdet.

Ich hasste mich. Ich verabscheute meinen Körper. Ich hasste es, eine Frau zu sein. Vor dem Einschlafen war es besonders schlimm. Dann überfielen mich unterdrückte Gefühle, Angst, Starre, Hilflosigkeit. Ich war der Hölle ausgeliefert, und dieser zu entkommen, war unmöglich.

Ständig änderte Arno die Verhaltensregeln. Befolgten wir sie nicht, wurden wir bestraft. Irgendwann glaubte ich selbst, dass ich ein schlechter Mensch war und nur er mich retten konnte. Ich übernahm tatsächlich seine wahnhaften Ideen und war überzeugt, dass mein Innerstes nicht meins war. Dass ich keine Privatsphäre verdient hatte – weder eine eigene Zahnbürste noch eine geschlossene Klotüre, geschweige denn wenn es um meinen Körper ging, der gehörte sowieso nicht mehr mir. Ich hätte mich umgebracht, wenn er es befohlen hätte.

Der Psychoterror dauerte zehn Jahre, dann gelang es einer von uns zu fliehen. Arno hatte Angst, er würde wegen Kindesmissbrauch angezeigt, und verliess das Land. Die Sekte fiel auseinander. Einige folgten ihm, so auch meine Mutter. Viele andere blieben in Belize, mein Vater lebt noch heute dort. Ich zog erst in die USA, später in die Schweiz. Mein Bruder ging zurück nach Deutschland. Mit ihm habe ich seit einigen Jahren eine gute Beziehung. Er half mir, die ganze Sache zu verarbeiten, und bestätigte mich in dem, was geschehen war. Die Bestätigung, dass es wirklich so schlimm war, brauchte ich. Manchmal dachte ich: Spinn ich jetzt? Den anderen geht es doch so gut da drin.

Nach zehn Jahren zurück in die richtige Welt zu finden, den Wahnsinn aus dem Kopf zu bekommen und wieder fühlen zu lernen, war extrem schwierig. Mein Selbsthass war immens, und das Gefühl, ich dürfe nichts falsch machen, nicht abstellbar. Auch die Gemeinschaft der Gruppe zu verlieren, war hart – so destruktiv diese auch war. Ich musste zuerst erkennen, dass die Welt nicht so war, wie Arno jahrelang behauptet hatte, und dass auch ich ein Anrecht hatte, zu leben und zu lieben.

Bis vor einem Jahr hatte ich ein geringes Selbstwertgefühl und oft Angst, an den Wunden zu zerbrechen. Doch ich habe gelernt, meine eigenen Emotionen zu verstehen und ihnen zu vertrauen, Wut rauszulassen und meiner Trauer Raum zu geben. Ich bin mir jetzt bewusst, dass einem niemand das Glück schenken kann. Weder ein Guru noch der geliebte Partner, nicht einmal die eigenen Kinder. Glücklich sein heisst für mich, sich selbst zu verstehen, vor seinen eigenen Gedanken keine Angst zu haben und sich in seiner Haut wohlzufühlen.

Und Arno? Der wurde vor einem Jahr in Uruguay tot aufgefunden. Ermordet. Mit zusammengebundenen Armen und einer Tüte über dem Kopf wurde er in den Fluss geschmissen. So hatte das Ganze ein Ende. Endlich, muss ich fast sagen.

PATT, 57
25. OKTOBER 2015, BEVERLY HILLS, LOS ANGELES

Wir kümmern uns um gewisse Menschen, doch andere lassen wir fallen. Wir bewundern die Erde, doch gleichzeitig zerstören wir sie. Meine Aufgabe ist es, zu informieren, Aufmerksamkeit zu schaffen und die Wahrheit aufzuzeigen. Ich hoffe, ich kann Menschen sensibilisieren und sie zur Mithilfe mobilisieren.

Aufgewachsen bin ich in einem Bauerndorf in Ohio. Keines meiner Familienmitglieder besuchte das College, und niemand von uns kannte die Grossstadtzeitung. Mit acht Jahren las ich das Buch über Nellie Bly, eine Pionierin des frühen Journalismus. Sie lebte in einer Zeit, in der Frauen noch nicht viele Rechte und keine Stimme hatten. Doch sie schaffte es, aufzuzeigen, wie die Gesellschaft mit der Entrechtung umging. Mit den Armen, den Verrückten, den Frauen, Kindern und Tieren. Diese Geschichten haben die Sichtweise unserer Gesellschaft verändert. Als ich das Buch las, wusste ich: Dies wird mein Beruf.
Ich begann zu schreiben und zu veröffentlichen, wo und wann immer es möglich war. In der Schulzeitung und in lokalen Blättern. Mit siebzehn ging ich nach Los Angeles ans College. Ein oder zwei Jahre später betrat ich das mächtige Gebäude der «Los Angeles Times» und fragte den lokalen Nachrichtenredaktor, ob ich als Studentin gratis Berichte schreiben dürfe. Kurz darauf bekam ich einen Vollzeitjob. Zu diesem Zeitpunkt hatte ich keine Ahnung, was später noch auf mich zukommen sollte: Ich wurde Reporterin und Kolumnistin. Ich moderierte diverse Sendungen im Radio und Fernsehen, schrieb einen Bestseller und erhielt mehrere Auszeichnungen für meine Arbeiten, darunter sechs Emmys und zwei Pulitzer-Preise. Der Weg dorthin war hart und Sexismus ein grosses Thema, besonders in den Siebzigern: dreckige Witze, Provokation, Demütigung, Lohnungleichheit. Als Frau musste man doppelt so hart arbeiten für die halbe Anerkennung.

Mein Beruf veränderte meine Weltanschauung. Je mehr ich erfuhr, desto besser verstand ich, wie komplex die Welt und wie unterschiedlich die Palette der menschlichen Erfahrungen ist. Ich bereiste ferne Länder und berichtete über Menschen und Ereignisse, in den ländlichen Regionen Mexikos bis hin zum Interview mit Nelson Mandela, dem ehemaligen Präsidenten Südafrikas. Ich begegnete sowohl Macht und Wohlstand als auch Hoffnungslosigkeit und Elend. Viele dieser Geschichten haben mich berührt, wie sie auch die Leser berührt haben. Ein perfektes Beispiel dafür, was ein einziger Artikel erreichen kann, ist meine Geschichte über eine invalide Dreijährige, deren neue Gehhilfe aus dem Familienauto gestohlen wurde. Noch am selben Morgen rief mich Frank Sinatra an und sagte, dass er Geld schicken werde, um diesem Mädchen zu helfen.

Zeitungsartikel sind wie Zeitmaschinen. Sie können Menschen, die in Sicherheit und Wohlstand leben, aufzeigen, was es heisst, in den Slums von Indien zu leben. Was es bedeutet, Opfer von Korruption und Gewalt in Guatemala zu sein. Wie es sich anfühlt, die Nuklearkatastrophe in Fukushima zu überstehen. Ich möchte Geschichten über die Welt mit der Welt teilen. Diese Geschichten fragen den Leser explizit: Was würdest du tun? Würdest du immer noch eine halbe Stunde lang duschen, wenn Menschen, die für ihr Trinkwasser kämpfen, vor dir ständen?
Als Journalistin kann ich versuchen, jedem eine Stimme zu geben, und Menschen, die Macht haben, kann ich fragen, was sie mit ihr bewirken und wie verantwortlich sie damit umgehen.

WENDY, 23
11. NOVEMBER 2016, KHAYELITSHA, KAPSTADT

Mein Vater ist gestorben, als ich zwei Jahre alt war. Meine Mutter hat mich – wie es scheint – nie gewollt. Ich versuchte lange Zeit, um ihre Liebe zu kämpfen. Ich kochte, putzte, machte ihr Komplimente, wollte sie zum Lachen bringen. Aber es war alles vergeblich, sie gab sich lieber dem Trinken hin. An allem hatte sie etwas auszusetzen, fand überall einen Grund, mich zu erniedrigen. Sie schrie mich an und warf ihre leere Alkoholflasche nach mir. Einmal schlug sie sogar mit einem Hammer auf mich ein. Davon trage ich noch heute die Narbe am Kopf.

Manchmal musste ich aus dem Haus flüchten und draussen schlafen. Als mich auch noch mein Bruder missbrauchte und sie mir keinen Glauben schenkte, wurde mir alles zu viel. Den Hass meiner Mutter konnte ich nicht länger ertragen. Ich erzählte meinen Lehrern von der Misshandlung. So kam ich mit vierzehn Jahren in ein Kinderheim.
Die Heimzeit war gut. Ich hatte viele Freunde, und die Betreuer bemühten sich, uns Kindern ein gutes Zuhause zu bieten. Nach zwei Jahren kam ich zu einer Pflegefamilie, obwohl ich lieber im Heim geblieben wäre.
Als ich das Haus meiner Pflegeeltern betrat, war ich zuerst sprachlos. Es war riesig! Doch schnell merkte ich, dass ich nur Mittel zum Zweck war. Ich wurde mit sieben anderen Kindern in einen Raum gepfercht. Die Pflegeeltern kassierten von der Regierung achthundert Rand [das waren 2009 hundertelf Schweizer Franken] pro Kind.
Aufhalten durften wir uns nur in unserem Zimmer. So assen wir also, wo wir schliefen. Durch die Wände hörten wir den Fernseher im Wohnzimmer. Sie hatten noch drei leibliche Kinder; am Familienleben teilzuhaben, war jedoch nicht erwünscht. Ich war die Älteste der Pflegekinder und fühlte mich verpflichtet, mich um die anderen zu kümmern. Tagsüber war ich in der Schule, abends machte ich Frauen auf der Strasse die Nägel, um Geld zu verdienen. Ich kaufte uns Brot, damit wir etwas zu essen hatten. Unsere Pflegemutter kümmerte sich nicht. Wir waren ihr gleichgültig.

Mit achtzehn wurde ich schwanger. Wie sollte das gehen? Ich hatte keinen Halt, niemand, der mir sagen konnte, wie ich ein Kind grossziehen sollte. Ich hatte Panik und versuchte, mir das Leben zu nehmen, mit einem Seil. Doch es funktionierte nicht, mein Kind und ich überlebten. Ich sollte wohl einfach nicht sterben.
Nach der Geburt meines Sohnes bin ich ausgezogen, ich habe mir einen Job gesucht und bin mit ihm und meinem Freund in ein Township gegangen. Seit vier Jahren leben wir in einer kleinen Hütte und versuchen, auf ein gutes Leben hinzuarbeiten. Es ist nicht immer einfach. Doch wenn ich zwischendurch das Gefühl habe, nicht mehr zu können, schaue ich meinen Sohn an, drehe die Musik auf und tanze mit ihm. Er gibt mir Kraft. Und letztlich weiss ich, dass ich alles durchstehen kann, denn ich bin stark.

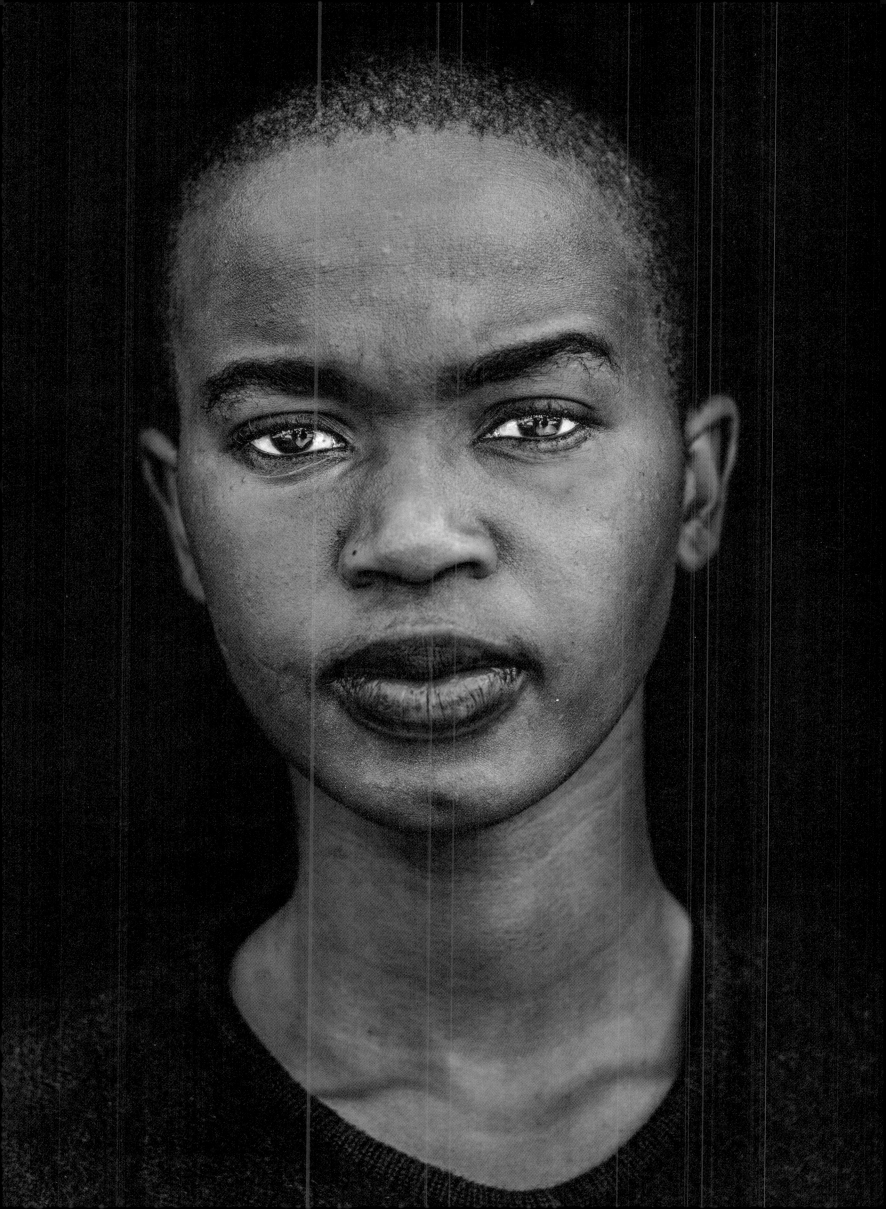

TERTULIEN, 37
15. OKTOBER 2015, HOLLYWOOD, LOS ANGELES

Ich bin gross geworden mit dem Kult der Assemblies of God – einer freikirchlichen Pfingstbewegung. Meine Eltern waren strenggläubig, die Regeln der Kirche waren strikt zu befolgen.

Es gab klare Vorschriften, wie ich mich zu benehmen und zu kleiden hatte. Bei jedem Gottesdienst musste ich einen Anzug mit einem weissen, zugeknöpften Hemd tragen und sauber rasiert sein. Die Sitzordnung in der Kirche war vorgegeben: Auf der einen Seite sassen die Männer, auf der anderen die Frauen. Dienstags, freitags und sonntags musste ich am Gottesdienst teilnehmen und jeden Samstagmorgen fasten und beten. Mit Frauen durfte ich mich nur innerhalb der Gemeinde verabreden. Ausserdem war klar, dass ich heiraten, eine Familie gründen und die Tradition weiterführen würde. Auch meine grösste Leidenschaft, die Musik, konnte ich nur eingeschränkt ausleben. Singen durfte ich ausschliesslich christliche Lieder. Ich begann, bei der Kirchenmusik mitzuwirken, um wenigstens etwas Schönes aus dieser Situation zu kreieren.

Die Weltmusik sei nichts für mich, meinte mein Vater. Lange versuchte ich, ihm zu erklären, dass Musik eine Kunstform ist, die keine Regeln braucht. Ich konnte nie nachvollziehen, wieso meine Eltern meine Persönlichkeit unterdrückten, indem sie mir durch ihren Glauben meine Freiheit nahmen. Ich hasste diese vielen Vorschriften und Regeln. Auch in der Schule fühlte sich diese Lebensart falsch an. Als Junge wurde ich oft gefragt, wieso ich mich so speziell kleide und anders benehme. Es war schwierig, darauf zu antworten, denn es war schliesslich die Art und Weise, wie meine Eltern mich erzogen hatten.

Je älter ich wurde, desto mehr wollte ich sein wie die anderen Jugendlichen. Ich begann, ein Doppelleben zu führen. In der Schule wechselte ich meine Kleider, um mich frei zu fühlen. Ging ich abends mit Freunden fort, musste ich meine Eltern belügen. Diese beiden Welten zusammenzubringen, war fast unmöglich.

Immer mehr wurde mir klar, dass ich den Rest meines Lebens nicht so verbringen wollte. Ich bin von zu Hause ausgezogen und wollte herausfinden, wo mich mein Leben hinführen würde – und betete für ein Zeichen.

Eines Nachts hatte ich diesen Traum: Ich sah eine grosse Hand, die ein Papier aus meinem Tagebuch riss und darauf den Namen David Kelsey schrieb. Am nächsten Morgen gab ich ihn im Internet in einer Suchmaschine ein und klickte auf das dritte Ergebnis – meine Lieblingszahl. Es war ein Mann aus Los Angeles. Ich kontaktierte ihn, erzählte ihm von meinem Traum und erfuhr von seinem Leben. Wir telefonierten mehr als eine Stunde. Dieses Gespräch pflanzte die Samen für mein neues Leben. Wenige Tage später fragte mich meine Mutter, ob ich plane fortzugehen. Auch sie hatte einen Traum gehabt. Sie hatte gesehen, wie ich im Westen mein neues Zuhause gefunden hatte und glücklich dabei war.

Die Zeit war reif, meine Flügel auszubreiten und fliegen zu lernen. Mit zweiunddreissig Jahren bin ich von Stamford nach Los Angeles gezogen, um uneingeschränkt meinen Träumen zu folgen. Ich habe mich entschieden, alles auf die Musik zu setzen. Doch zuerst musste ich sie tief in mir drin finden. Ich musste meinen selbstlimitierenden Glauben und meine Ängste fallen lassen und mir selbst aufmerksam zuhören. Nur so konnte ich mich der Musik anvertrauen. Nur so lernte ich, mir selbst treu zu sein.

Mit meinem Gesang möchte ich Liebe streuen und Hoffnung verbreiten. Wenn ich singe, empfinde ich pures Glück und vergesse, was um mich herum passiert. Ich begebe mich auf eine Reise und dringe in eine andere Welt ein. Es fühlt sich an, als ob ich aus meinem Körper schweben und mit der Musik verschmelzen würde. Die Musik und ich, wir werden eins. Sie ist ein Geschenk und der beste Ausdruck meiner Seele. Wo sie mich hinführt, bleibt eine Überraschung. Doch was zählt, ist der Augenblick. Die jetzige Sekunde, dieser Moment.

DEWI, 29

4. DEZEMBER 2017, NUSA LEMBONGAN, INDONESIEN

Ich war gerade bei der Arbeit, als mich plötzlich ein ungutes Gefühl beschlich. Etwas stimmte nicht. Tränen schossen mir in die Augen, ich konnte meine Emotionen jedoch nicht einordnen. Als ich nach Hause kam, erfuhr ich, dass die Verbindungsbrücke zwischen den beiden Inseln Nusa Lembongan und Nusa Ceningan eingestürzt war. Sie hätte schon vor einiger Zeit renoviert werden sollen. Dreissig Personen wurden verletzt, acht mussten sterben. Unter den Toten waren meine Schwägerin und ihr Sohn. Auf einen Schlag stand mein Bruder ohne Frau und Kind da. Das ist jetzt ein gutes Jahr her.

Meine Schwägerin und ihr Sohn sind am gleichen Tag im selben Monat zur Welt gekommen. Bei beiden war es ein Mittwoch. Nun starben sie zusammen. Als die Brücke einstürzte, war mein Neffe Wayan gerade einmal drei Jahre alt – gleich alt wie mein Sohn. Eine Woche lang blieb ich zu Hause und weinte ununterbrochen. Doch dann folgte die Trauerfeier, eine hinduistische Feuerbestattung. Diese Zeremonie gehört bei uns zum wichtigsten Moment eines Lebens, denn nach unserem Glauben wird durch die Kremierung die Seele erlöst, damit sie wiedergeboren werden kann.
Eine solche Zeremonie ist aufwendig und kostet etwa hundert Millionen Indonesische Rupiah [zirka siebentausend Schweizer Franken], das sind bei uns ungefähr drei Jahressaläre. Unsere Familie ist riesig; jeder und jede gab, was er oder sie für die Zeremonie entbehren konnte.
Die Feier begann frühmorgens und dauerte bis Mitternacht. Die ganze Familie versammelte sich, um Abschied zu nehmen. Die Aschen der beiden füllten wir in eine Kokosnussschale, die wir anschliessend dem Meer überliessen.
Bei uns im Hinduismus hat jede Familie einen kleinen Tempel mit einem Priester. Nach der Kremierung brachten wir Opfergaben dorthin und beteten für die Seelen der Verstorbenen. Während des Gebetes begab sich der Priester in eine Trance, um mit den Geistern der Verstorbenen in Verbindung zu treten. Ich konnte spüren, dass mein Neffe und meine Schwägerin präsent waren. Und tatsächlich übernahm Wayans Geist den Körper unseres Priesters. Er sagte, dass er und seine Mutter an einem guten Ort seien. Und er fragte, wo denn seine Milch sei. Als ich diese Worte hörte, musste ich weinen. Ich wusste, dass er es war, der mit uns sprach. Nach kurzer Zeit verliess er uns wieder. Der Priester erklärte mir später, dass der Geist als eine Art Energie in seinen Körper eindringt, die sich gleichzeitig kalt oder heiss anfühlt.
Die Worte meines Neffen halfen mir, seinen Tod und den meiner Schwägerin zu akzeptieren. Ich spüre, dass sie uns noch immer sehr nahe sind, und in meinen Träumen begegne ich Wayan fast täglich. Jede Nacht fragt er nach seiner Milch. Zu meinen täglichen Opfergaben füge ich nun immer ein Glas Milch hinzu.

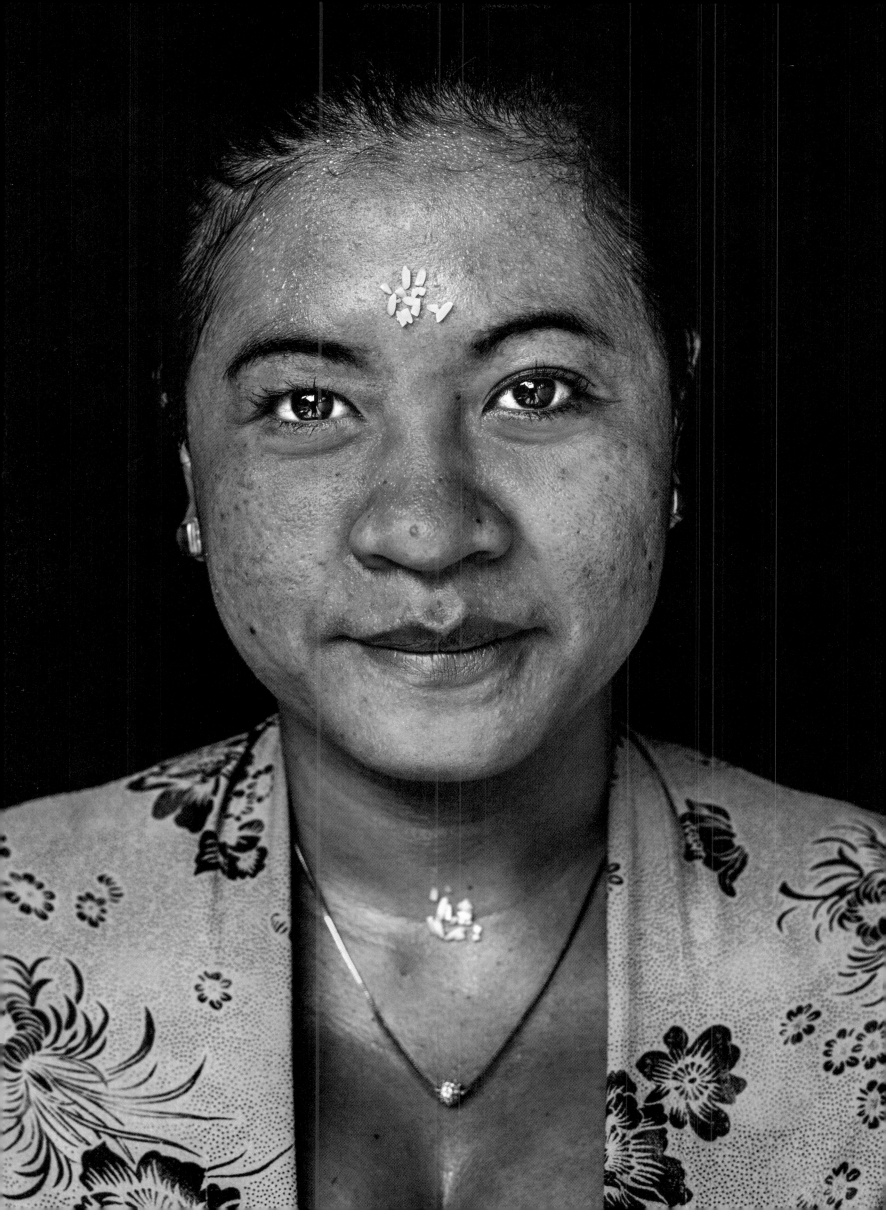

GÁBOR, 87

19. JANUAR 2017, ESSLINGEN, ZÜRICH

26. Juni 1944. Bis zu diesem Zeitpunkt blieben wir, die ungarischen Juden, vom industriellen Morden der Nazis verschont. Doch dann wurde ich mit meiner Mutter von unserer Heimat Békéscsaba nach Auschwitz deportiert. Männer und Frauen wurden getrennt, sie rissen mich von meiner Mutter los.

Die deutschen Offiziere selektierten die Arbeitsfähigen, auch mich. Das rettete mich vor dem sofortigen Tod. Ich wurde kahlgeschoren, gereinigt und erhielt die gestreifte Häftlingsbekleidung. Die Nächte verbrachte ich mit über tausend anderen Menschen in Pferdebaracken, unweit der Krematorien. Oft habe ich den glühenden Blitzableiter und den Rauch beobachtet, der aus dem Kamin quoll – im Unwissen über die Grausamkeiten, die dort passierten. Man sagte uns lange Zeit, dass dies Bäckereien seien.

In Auschwitz gab es ein Vernichtungs-, ein Arbeits- und ein Transitlager. Täglich wurden Menschen abtransportiert, vernichtet, ermordet, ausgelöscht. Zweimal wurde ich bei der Selektion als arbeitsunfähig eingestuft; zweimal entkam ich meinem Todesurteil im letzten Moment. Bei der ersten Selektion fixierte Lagerarzt Mengele eine Latte von einreinhalb Metern Höhe. Alle, die kleiner waren, sollten sterben. Mit Kieselsteinen in den Schuhen versuchten einige zu schummeln. Wir waren sechshundert Todgeweihte, allesamt zu klein gewachsen. Doch es gab eine Nachselektion. Ich hatte Glück und wurde mit einundzwanzig anderen zurückgeschickt. Fünfzehn Tage später die zweite Selektion: Zu Hunderten wurden wir in eine Baracke gesperrt. Manche versuchten, durch die Lüftungen zu fliehen. Erfolglos. Abtransport zum Krematorium V. Zu diesem Zeitpunkt wussten wir von der Vernichtungsmaschinerie, die uns dort erwartete. Wir mussten unsere Kleider ablegen. Mit letzter Kraft kämpfte ich gegen die Schwäche meines abgemagerten Körpers an und zwang mich zu Liegestützen. Die Nazioffiziere beschlossen, doch noch Verwendung für mich zu haben. Mit einundfünfzig anderen und den Kleidern der Zurückgebliebenen kehrte ich aus dem Krematorium in die Holzbaracken zurück.

Mit dem Heranrücken der Roten Armee beschlossen die Nazis, das Konzentrationslager aufzulösen. Sie sprengten die Gaskammern, um Spuren der Mordmaschinerie zu beseitigen, und schickten uns auf die Todesmärsche. Ich war derart ausgehungert, dass ich mich nicht mehr bewegen konnte – und blieb zurück. Zehntausende starben auf dem Weg der Befreiung. Geschwächt brachen sie zusammen, erfroren, verhungerten oder wurden von den Wachen erschossen.

27. Januar 1945. Es war eiskalter Winter, als die Rote Armee dem Horror in Auschwitz ein Ende setzte. Ich war fünfzehn Jahre alt und wog nur noch 27 Kilogramm. Ich hatte einen Brotsack dabei, den ich hinter mir herschleifte – zu kraftlos, ihn zu tragen.

Via Russland kam ich zurück nach Ungarn. Es dauerte sieben Monate, bis ich in meiner Heimat ankam. Ich traf meinen Vater; er war im militärischen Arbeitsdienst der Nazis gewesen. Auch er hatte überlebt. Meine Mutter blieb fort. Erst mit neunundsechzig Jahren erfuhr ich, dass sie Ende 1944 in einem Konzentrationslager gestorben war. Wie, weiss ich nicht.

Über eine Million Menschen sind in Auschwitz vernichtet worden. Ich war einer der siebentausend Überlebenden. Die Frage, wieso ich überlebt habe und so viele andere gestorben sind, beschäftigte mich mein ganzes Leben lang. Mit mir waren klügere, stärkere, schönere und religiösere Menschen. Sie alle wurden eliminiert. Es war nicht der Glaube, der mich schützte. Es war Glück. Pures Glück.

Nun liegt das Grauen über siebzig Jahre zurück. Noch immer habe ich Albträume, doch über die Jahre sind sie seltener geworden. Dass so etwas passieren konnte, ist unvorstellbar.

Es dauerte fast fünfzig Jahre, bis ich über meine Vergangenheit sprechen konnte. Es war schwer, doch ich wollte sie aufarbeiten. Ich recherchierte, arbeitete mich Stück für Stück durch die Archive und schrieb ein Buch. Ich machte es zu meiner Mission, Vergessenheit zu verhindern.

Unsere Generation hatte laut «Nie mehr Krieg!» geschrien. Doch wieder gab es Ausgrenzungen, Rassismus und starker Rechtsradikalismus. Wieder gab es Krieg. Es beunruhigt mich, zu sehen, was da draussen in der Welt alles passiert. Ich fürchte die Konsequenzen. Menschen denken kategorisch und urteilen über Herkunft, Religion oder Hautfarbe. Menschen vergessen, wie man jemandem als Mensch begegnet.

EMILIA, 74

5. NOVEMBER 2015, WILLOQ, PERU

Es war mein Wunsch, eine grosse Familie zu haben. Ich brachte elf Kinder zur Welt. Heute leben nur noch zwei.

Ich habe von meiner Mutter ein kleines Zuhause geerbt, ohne Küche und ohne Toilette. Hier in den Bergen leben wir in armen Verhältnissen. Es gibt weder fliessendes Wasser noch Strom. Doch das Nötigste ist da.
In dieser Gemeinschaft lebt jeder für sich. Auch wenn etwas passiert, ist man auf sich alleine gestellt. Hier suchen die Väter den Töchtern die Ehemänner aus. Bei der Wahl hatte ich Glück: Mein Mann besass Land und Tiere und konnte mir wichtige Dinge beibringen. Ich lernte, aus Wolle Textilien zu machen, und fand so meine Beschäftigung. Aus Freundschaft wurde Liebe.
Als ich zwanzig Jahre alt war, kam unser erster Sohn zur Welt. Die weiteren Kinder folgten. Ich war überglücklich, denn wir hatten unsere Familie – und somit alles, was zählte. Die Söhne halfen meinem Mann auf den Feldern, die zwei Töchter verarbeiteten mit mir die Wolle. Unser jüngster Sohn war mein Liebling. Er war intelligent und lernte lesen und schreiben. Ich sah eine gute Zukunft in ihm, doch er wurde krank. Ein langer, qualvoller Leidensprozess. Ich musste zuschauen und konnte nichts tun.
Die nächste Stadt liegt zu weit entfernt. Medizinische Versorgung gibt es hier in den Bergen keine. Und so starb er. Ich war lange Zeit geistig abwesend und unfähig, mich um den Rest der Familie zu kümmern. Doch das Schicksal wollte es noch schlimmer: Erkältung, Parasiten, Grippe. Jede Krankheit war fatal. Ich verlor neun meiner Kinder. Sie starben im Alter zwischen sechs und zwanzig Jahren, ich musste alles mit ansehen. Ich fühlte mich machtlos. Hilflos im Kampf gegen die qualvollen Krankheiten. Die Schmerzen des Verlustes übermannten mich, es zerriss mich innerlich. Doch mein Mann kämpfte. Er gab mir Kraft und motivierte mich, wieder am Leben teilzuhaben. Ich hatte schliesslich noch ihn – und meine zwei gesunden Kinder.

Eine Familie zu haben, ist das Wichtigste im Leben. Ohne diesen Rückhalt steht man irgendwann alleine da. Ich bin katholisch und bete für meine Kinder. Jeden Abend. Ich hoffe, sie eines Tages wieder zu treffen.
Den Verlust lernte ich als Schicksal zu akzeptieren. Nun bin ich alt, und mein Augenlicht schwindet. Ich habe nur das Nötigste, aber ich bin glücklich. Denn ich weiss: Meine Familie wird immer für mich da sein. Mein Mann bleibt an meiner Seite. Er ist mein Fels in der Brandung.

DENISE, 54

8. JUNI 2017, MANHATTAN, NEW YORK

Es war Mitte Januar 2009, der kälteste Tag des Jahres. Der Schnee hatte die Strassen New Yorks in eine Winterlandschaft verwandelt. Nach einem Geschäftstreffen war ich auf dem Weg zum Flughafen La Guardia, um zurück nach Charlotte zu fliegen. Die US Airways informierte mich über die Verspätung meines Fluges.

Im Airbus A320 sass ich in der zweiten Reihe. Ich beobachtete die Passagiere, die nach mir ins Flugzeug einstiegen. Viele waren wohl geschäftlich unterwegs, eine vierköpfige Familie reiste gerade in die Ferien. Mein Sitznachbar war einer der letzten, der das Flugzeug betrat. Er stellte sich mir als Mark vor.

Als die Maschine startete, sah ich aus dem Fenster und genoss die Sicht auf Manhattan. Neunzig Sekunden später knallte es. Das Flugzeug wurde durchgeschüttelt. Mein erster Gedanke galt 9/11: eine wiederholte Terrorattacke? Wie sich später herausgestellt hat, ist das Flugzeug mit einem Schwarm Wildgänsen kollidiert. Zu diesem Zeitpunkt wusste das aber niemand. Panik brach aus. Viele schrien und fingen laut an zu beten. Die Kabine füllte sich mit einem leichten Rauchschleier und einem komischen, nicht identifizierbaren Geruch. Danach wurde es ruhig. Ich versuchte angestrengt, das Motorengeräusch zu hören, doch da war absolut nichts. Man hätte eine Nadel auf den Boden fallen hören. Beide Triebwerke fielen aus, das Flugzeug senkte sich. Eine Sekunde fühlte sich an wie eine Minute, eine Minute wie eine Stunde. Ich fokussierte mich auf drei Personen: Mark, meinen Sitznachbarn rechts von mir, den Gentleman vis-à-vis des Korridors und eine Pilotin, die auf dem Heimweg von einem anderen Flug war. Ich versuchte deren Gesichtsausdruck zu lesen und fragte sie, ob wir okay sein würden. Sie verneinte. In diesem Moment wurde mir klar: Wir werden sterben.

Das Flugzeug näherte sich dem Grund. Ich sass ruhig auf meinem Platz, in Gedanken bei meinem Vater, meiner Schwester und meinen Freunden. So vieles war noch ungesagt und ungetan. Ich hoffte einfach, schnell und schmerzlos zu sterben und nicht bis zur Unkenntlichkeit verstümmelt zu werden.

Plötzlich konnte ich das Warnsystem aus dem Cockpit vernehmen: «Terrain! Terrain! Pull up! Pull up!» Mark hielt meine Hand. Wir beteten. Der Flugkapitän meldete sich: «Hier spricht Ihr Kapitän, nehmen Sie die Notfallposition ein!» Die Flugbegleiterinnen begannen mit dem Aufruf: «Brace, brace, brace, heads down, stay down.» Immer wieder, unaufhörlich. Ich beobachtete, was um mich herum geschah, legte den Kopf zwischen meine Beine und versuchte

gleichzeitig hochzuschauen, um zu sehen, wann, wie und wo ich sterben sollte. Die Anweisungen wurden lauter, der Tonfall höher, das Zittern in den Stimmen war nicht zu überhören.

Mit 270 Stundenkilometern schlug das Flugzeug auf dem Hudson River auf. Mehrere Häuserblöcke lang glitt es weiter flussabwärts. Das linke Triebwerk wurde vom Wasserdruck abgerissen und drehte das Flugzeug dramatisch nach links, bis es plötzlich stoppte.

Flugkapitän Sullenberger war es tatsächlich gelungen, den tonnenschweren Airbus notzulanden. Ich sass auf meinem Platz, war wie erstarrt. «Evakuieren Sie das Flugzeug», rief Sullenberger. Menschen rannten den Gang entlang an mir vorbei. Mark nahm mich an der Hand mit zum Ausgang. Wir glitten die Notrutsche hinunter ins eiskalte Wasser. Adrenalin pumpte durch meinen Körper. Ich schwamm aufs Rettungsfloss und begann, anderen Menschen zu helfen. Manche Gesichter waren weiss oder blau, gezeichnet von der Todesangst und der Kälte. Wir waren 155 Personen an Bord – und wir haben alle überlebt.

Zwei Tage später war ich zurück am Flughafen. Ich wollte nur noch nach Hause. In der Hand eine Papiertasche mit einer Zahnbürste und Zahnpasta. Mehr hatte ich nicht mehr. Ich sass wieder in der zweiten Reihe. Diesmal mit fürchterlicher Angst. Zu Hause angekommen, habe ich ununterbrochen geweint. Ich litt monatelang unter Flashbacks, die alles immer wieder hochkommen liessen. Meine Psychologin lehrte mich, meine Angst zu kontrollieren. Der Kontakt zu den anderen Überlebenden half mir, mein Trauma Stück für Stück zu bewältigen.

Es gibt keinen Tag, an dem ich nicht an den Flug 1549 denke. Ich werde schnell nervös und bekomme Panik, wenn keine Fluchtmöglichkeiten vorhanden sind. Noch immer leide ich unter einem Schuldgefühl, dass ich überlebt habe. Ich denke an die vielen Menschen, die bei anderen Flugzeugabstürzen gestorben sind. Warum habe ich überlebt, während Freunde von mir ihre dreissigjährige Tochter bei einem Absturz verloren haben? Mein Herz auszuschütten und über diese Gefühle zu sprechen, bereitet mir Schwierigkeiten. Ich habe doch gar keinen Grund, so zu fühlen, wie ich es tue, ich habe ja überlebt.

Heute arbeite ich für die Flugsicherheit und helfe Menschen, die Angst vor dem Fliegen haben, oder Angehörigen, die geliebte Menschen bei einem Absturz verloren haben. Ich möchte ihnen in diesen schweren Zeiten beistehen und etwas davon weitergeben, was ich durch das Wunder vom Hudson River bekommen habe: eine zweite Chance.

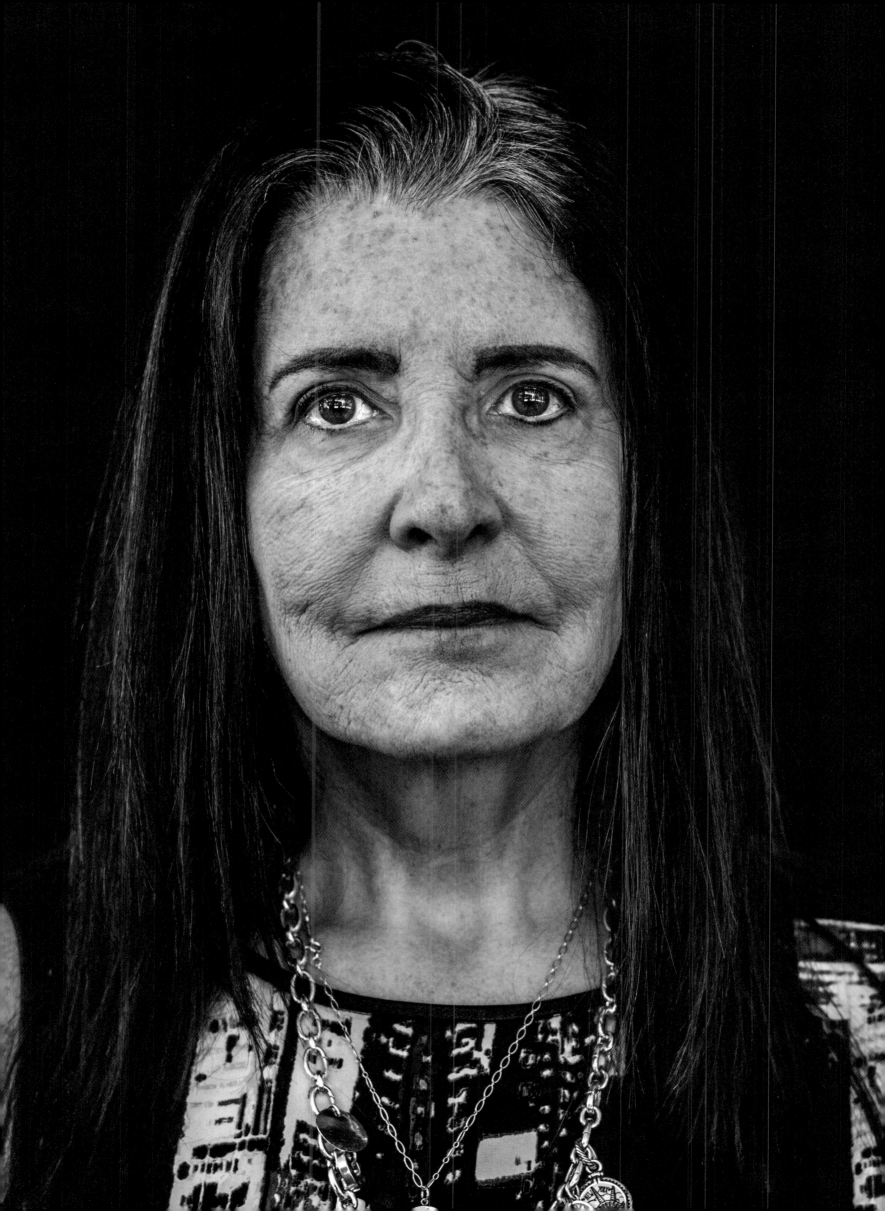

NICOLE, 20

11. APRIL 2015, ZÜRICH

Ich bin im Spital, obwohl ich zu Hause sein will. Ich esse, obwohl ich lieber hungern möchte. Ich bekämpfe mich selbst, obwohl ich mich mag. Ich bin der Magersucht verfallen. Sie ist mein Leben.

Es fing früh an. Bereits in der Oberstufe war mir unwohl in meinem Körper. Ich fühlte mich zu dick. Die anderen Mädchen waren dünner und schöner. Ich entwickelte Hass auf alles und jeden, vor allem auf mich selbst. So fing ich an, weniger zu essen, und ich stand täglich auf die Waage. Ich erstellte Esspläne, trieb intensiv Sport und zählte Kalorien. Da war diese innere Stimme, die Befehle gab, Erwartungen hatte, provozierte, mich kränkte und folterte. Sie spielte ein mieses Spiel mit mir. Und sie hörte nicht auf damit. Sie liess mich einfach nicht in Frieden. Nach den Mahlzeiten war sie besonders laut und bösartig. Ich trank so viel Wasser, wie es nur ging. Eiskalt oder feurig heiss. Im Winter stand ich leicht bekleidet auf den Balkon, damit ich fror. Mein Körper sollte so zusätzliche Kalorien verbrennen. Ich schluckte Abführmittel und andere Medikamente, welche die Nieren anregten. Kommentare wie «Du bist zu dünn!» verschafften mir Genugtuung, denn schliesslich fiel jemandem auf, dass ich dünn war. Ich redete mir ein, dies sein zu müssen, um geliebt und akzeptiert zu werden. Ich verlor die Kontrolle, mein Selbstbild war verzerrt.

Die Sucht machte mich skrupellos. Man lügt und betrügt, nur um der Stimme im Kopf Befriedigung zu schenken. Ich war in mich gekehrt, antriebslos, weinerlich, isoliert und depressiv. Manchmal war ich auch gereizt und aggressiv. Tief in mir drin wusste ich, dass ich allein für diesen Zustand verantwortlich war. Mein Körper war am Ende. Tag für Tag ging es mir schlechter. Ich wurde magerer, müder, und jeden Tag sah man die knochigen Kanten ein bisschen mehr aus meinem Körper herausragen. Mein Aussehen und Verhalten wurden unerträglich für die Menschen um mich herum. Ich misstraute jedem und liess niemanden an mich heran. Dann kam der Nullpunkt: Ich wog nur noch 36,4 Kilogramm. Meine Körpertemperatur sank auf 35 Grad Celsius. Ich fror und zitterte. Am Tag, als mich meine Eltern ins Spital brachten, schlug mein Herz gerade einmal 22 Mal pro Minute. Menschen kurz vor dem Tod haben solche Werte. «Du wirst sterben, wenn du nicht zu essen beginnst», sagte die Ärztin. Noch immer aber fühlte ich mich nicht krank. Im Gegenteil: Ich war stolz auf mich, denn viele magersüchtige Menschen, deren Biografien ich gelesen hatte, hatten es nicht auf 36 Kilogramm geschafft.

Vielleicht wäre es noch ein, zwei Tage gegangen, bis mein Herz zu schlagen aufgehört hätte. Erst kurz vor dem Ende musste ich mir eingestehen: Ich brauche Hilfe.
Doch ich hatte Angst, gemästet zu werden. Mein Essverhalten war das Einzige, was ich noch kontrollieren konnte. Ich fühlte mich gespalten: Hier die schlechte, dicke, nichtsnutzige Nicole, da die aufgestellte, gute, liebenswürdige Nicole. Ich kämpfte gegen diese starke, böse Stimme an. Diese Zwiespältigkeit begleitete mich täglich: Am einen Tag wollte ich gesund werden, am nächsten weiter abnehmen.
Das Gesundwerden war viel schlimmer als das Hungern. Langsam nahm ich wieder zu. Mich aus dem Teufelskreis zu kämpfen, verlangte eine unheimliche Stärke. Ohne Hilfe und Unterstützung hätte ich nie ins Leben zurückgefunden. Ich lernte viel über mich selbst und die Psyche des Menschen. Es gelang mir, mich mitzuteilen und meine Probleme nicht mehr totzuschweigen.

Meine Genesung war ein langer Leidensweg, doch heute geht es mir viel besser. Noch immer brauche ich Überwindung, um normal zu essen. Mein Gewicht wird wohl immer ein Thema bleiben.
Die Krankheit sehe ich als Chance, bewusster zu leben und die Gesundheit mehr zu schätzen. Es war keine schöne Erfahrung. Doch das Wichtigste: Ich habe überlebt.

DAVID, 25
28. SEPTEMBER 2014, BERLIN

Weg vom Bürostuhl, hinaus in die grosse weite Welt. Hinaus in die Freiheit.

Bis vor zwei Jahren arbeitete ich in einem internationalen Unternehmen in Irland als Softwareentwickler. Ich habe einen Bachelor in Naturwissenschaften, verdiente gut und hatte wunderbare berufliche Perspektiven. Mein Leben schien perfekt zu sein. Doch immer mehr verspürte ich das Verlangen, etwas Bedeutungsvolleres daraus zu machen. Bei der Arbeit wurde ich unruhig und nervös. Die Angst, etwas zu verpassen, wurde zu gross.
Ich kündete und verliess im Juni 2013 nicht nur meine Familie, sondern auch meine damalige Freundin. Ich musste unsere Beziehung beenden, um mich komplett frei fühlen zu können. Dann fuhr ich mit einem Wohnmobil und zwei Freunden Richtung unbekannt. Um die Reise zu finanzieren, sangen und spielten wir auf der Strasse. Ein Gespür für die Musik hatte ich schon immer: Mit fünf Jahren lernte ich Klavier spielen. Später kaufte ich mir eine Gitarre. Gesangsunterricht hatte ich jedoch nie.
Bereits nach wenigen Tagen zog mich die Musik in ihren Bann. Sie verzauberte mich. Ich spielte Gitarre, begann, eigene Texte zu schreiben und zu singen. Stundenlang. Beinahe unaufhörlich. Die Menschen applaudierten, und ich wurde süchtig – süchtig nach der Musik.

Fortzugehen war die bisher beste Entscheidung meines Lebens. Dass sich mein Leben von einem auf den anderen Tag so drastisch ändern kann, hätte ich nie gedacht. Bisher habe ich in zwanzig verschiedenen Städten Europas gespielt. Ich performe auf der Strasse, an Konzerten und Festivals; vor Tausenden von Menschen. Ich habe mein eigenes Album produziert, das ich über die Gasse, übers Internet und in ein paar Läden verkaufe. Viel Geld verdiene ich nicht mit der Musik. Mein wirklich grosser Lohn ist die Freiheit. Ich habe mir einen Traum erfüllt und finde jeden Tag eine neue Herausforderung.
In meinen Augen kommt es nicht darauf an, ob es funktioniert oder nicht. Die Hauptsache ist, dass ich es versuche. Denn was noch auf mich zukommt und ob ich an meinen grossen Durchbruch glauben soll, weiss ich nicht. Ich verdiene halb so viel Geld wie vor zwei Jahren, doch ich erwache jeden Morgen mit einem Lächeln im Gesicht. Ist das nicht Erfolg genug?

Es war der 17. April 1975 in Phnom Penh. Ich war damals sechs Jahre alt. Die Guerilla-Armee trieb uns mit Gewehren aus unseren Häusern und räumte die ganze Stadt.

Über Wochen trieben uns die Männer des Diktators Pol Pot zu Tausenden aufs Land. Wie eine Schafherde separierte man uns immer wieder. Ich blieb an der Seite meiner Grossmutter, meiner Mutter und meiner beiden Brüder. Meinen Vater hatten wir in Phnom Penh das letzte Mal gesehen. Er blieb für immer verschollen.

Durch die Herrschaft der Roten Khmer verwandelte sich Kambodscha innerhalb kurzer Zeit in ein riesiges Sklavenlager. Ihre Vorstellung war, einen radikal-kommunistischen Bauernstaat zu erschaffen.

Mit Holz und ein paar Stofffetzen bauten wir Hütten. Wir sammelten Regenwasser, um es zu trinken und uns zu waschen. Mein einziges Kleidungsstück war ein graues Nachthemd, das ich auch tagsüber bei der Arbeit trug. Morgens um fünf wurde ich aus dem Schlaf gerissen und musste mit etwa hundert anderen Mädchen auf die Reisfelder. Barfuss standen wir im Schlamm und pflanzten Setzlinge. Bewaffnete Soldaten bewachten uns, schrien uns an und befahlen, schneller zu arbeiten. Schnelle Arbeit wurde mit einer wässrigen Reissuppe entlöhnt. Ansonsten gab es den ganzen Tag nichts zu essen. Erst wenn die Sonne unterging, durften wir zurück.

Ich hörte, wie meine Mutter meiner Grossmutter zuflüsterte, dass sie nicht einmal Reiskörner mitnehmen dürfe, da sie sonst getötet werde. Die Soldaten brachten alle um, die gegen ihre Regeln verstiessen oder sich wehrten. Intelligenz betrachteten sie als Bedrohung und wurde mit dem Tod bestraft. Es war uns verboten, zu sprechen und Gefühle zu zeigen. Auch Schmerz mussten wir unterdrücken, um unauffällig zu bleiben. Einmal trat ich auf ein spitzes Metallstück, mein Zehennagel wurde weggerissen. Es schmerzte höllisch, doch ich musste still weiterarbeiten. Und an meinen Beinen saugten Blutegel. Die Narben sind noch heute sichtbar.

Eines Tages fiel ein kleines Mädchen während der Arbeit kopfüber ins Wasser. Als andere Kinder zur Hilfe eilten, griffen die Soldaten ein. Das Mädchen liessen sie ertrinken. Ich war wenige Reihen hinter ihr, musste alles mit ansehen. In diesem Moment wurde mir klar, wie vorsichtig ich sein musste.

Die Nächte verbrachte ich mit meiner Familie in unserer Hütte auf dem Boden. Doch immer wieder wurden wir für längere Zeit getrennt. Als ich dann einmal versuchte, meine Mutter zu besuchen, wurde ich von Soldaten erwischt. Zur Strafe fesselten sie mich einen Tag lang an einen Pfosten.

1979 begannen die Vietnamesen gegen die Guerillabewegung der Roten Khmer anzukämpfen. Wir wurden von Pol Pots Männern gezwungen, mit ihnen Richtung Thailand zu fliehen. Sie brauchten uns als menschliches Schutzschild. Wochenlang mussten wir marschieren. Meine Grossmutter wurde schwächer. Wir trugen sie, so weit wir konnten, doch irgendwann mussten wir sie zurücklassen. Sie zu verlieren, zerriss mich innerlich. Doch ich musste weiterfunktionieren. Wie eine Marionette.

Nach mehreren Wochen kamen wir zu einer verlassenen Blechhalle, dort hielten wir uns einen Monat lang auf. Eng aneinandergereiht, wie Sardinen in der Büchse. Plötzlich fielen Schüsse. Sie waren für die Rote Khmer bestimmt, doch wir waren mittendrin. Ein Fünftel von uns starb an diesem Tag. So auch mein älterer Bruder. Meine Mutter, mein anderer Bruder und ich, wir überlebten. Doch der Kampf war nicht vorbei. Wir flüchteten weiter Richtung thailändische Grenze, durch den Dschungel und über Minenfelder. Es gab Explosionen, von Tag zu Tag wurden wir weniger. Den Tod ständig im Nacken, liefen meine Mutter, mein Bruder und ich Hand in Hand hintereinander her. Was um uns herum passierte, nahmen wir irgendwann gar nicht mehr wahr.

Als wir die Grenze zu Thailand erreichten, waren wir nur noch etwa fünfzig Personen. Traumatisiert und ausgehungert. Wir kamen in ein thailändisches Flüchtlingslager, bis wir uns beim Roten Kreuz registrieren konnten und schliesslich mit dem Flugzeug in die Schweiz gebracht wurden.

Unter der Herrschaft der Roten Khmer kam etwa ein Viertel der gesamten Bevölkerung Kambodschas innerhalb von vier Jahren durch Hungersnöte, Zwangsarbeit, Folter und Ermordungen ums Leben. Meine Kindheit war vorbei. In die Schweiz zu kommen, war, als ob ich ein zweites Leben geschenkt erhalten hätte. Zwar konnte ich meine Kindheit nicht mehr nachholen, aber durch meine eigenen Kinder durfte ich die Welt später doch noch mit Kinderaugen sehen und spüren, was es heisst, unbeschwert die kleinen Dinge zu geniessen. Mit ihnen rutschte ich jede mögliche Bahn hinunter.

RICHARD, 56
8. NOVEMBER 2016, KOMMETJIE, KAPSTADT

«Schau dir die Sterne an, sie gehören dir. Greif nach ihnen, denn du kannst alles erreichen!» Meine Grossmutter glaubte an mich. Bereits als Kind war mir klar: Ich will fliegen können. Wir wohnten in der Nähe eines Flugplatzes, jeden Tag beobachtete ich die Flugzeuge am Himmel. Ich wollte alles wissen über die Fliegerei – vom Bau der Maschine bis zur Aerodynamik. Als ich endlich die Flugprüfung abgeschlossen hatte, konnte mich niemand mehr aufhalten.

Auf dem Flugplatz lernte ich auch meine damalige Frau kennen. Sie war der Grund, weshalb ich nach Simbabwe zog. Wir wohnten auf dem Anwesen ihrer Eltern, fernab der Zivilisation. Die Familie hatte hektarweise Felder und ich die Idee: Mit einer neuen Technologie könnten wir die von Ungeziefern geplagten Teile der Felder aus der Luft gezielt mit Pestiziden bespritzen. Wir machten daraus ein Geschäft. Später jedoch begann ich alles zu hinterfragen, ich las Berichte über Agrarkonzerne und realisierte, wie sehr diese Chemikalien uns Menschen schaden.
Nebenbei engagierte ich mich in Nationalparks, um die Wilderei an Nashörnern zu stoppen. Ich bin über die Savanne geflogen, fasziniert von der Schönheit der Natur, dem Schattenwurf der Wolken, der Kraft der Sonne, verzaubert von der Freiheit dort oben. Ich liebte diese Weite, diese andere Dimension, diese unbezahlbaren Momente. Ich mochte es, die Tiere zu beobachten und dabei Gutes zu tun.
Aus der Luft konnte ich die Nashörner gut aufspüren. Die Parkwächter betäubten sie, schnitten ihnen die Hörner ab und ritzten ihnen ein V in ihre Hufsohle – für den Fussabdruck als Zeichen für die Wilderer, dass hier nichts zu jagen war. Ohne das wertvolle Horn sind die Rhinozerosse für Wilderer uninteressant. Dachte ich zumindest. Ich wollte die Tiere vor dem Aussterben retten. Dann erfuhr ich, dass sie

auch ohne Horn getötet werden. Die Wilderer wollten die gesamte Art ausrotten, damit ihre bisherige Beute an Wert gewann. Und noch schlimmer: Ich erfuhr, dass die abgeschnittenen Hörner aus unseren Einsätzen ebenfalls auf dem Schwarzmarkt landeten. Die Nationalparks waren bankrott, brauchten Geld, und auch die Regierung hatte keines. Das gesamte System in Simbabwe kollabierte. Erst wurde auf einen Schlag die Währung entwertet, später stieg die Arbeitslosigkeit rasant an. Bäuerinnen und Bauern wurden enteignet, ihr Land fiel in die Hände der korrupten Regierung. Alles zerbrach. Am Ende auch meine Ehe.

Simbabwe ist ein wunderbares Land, die Menschen dort sind fantastisch. Doch unter diesen Umständen habe ich mich fremd und isoliert gefühlt.
Nach fünf Jahren verliess ich Simbabwe, liess alles zurück. In Kapstadt mietete ich eine Garage, um mein eigenes Flugzeug zu bauen – wie ich es bereits in Simbabwe getan hatte. Ich vermisste die täglichen Flüge, wollte so schnell wie möglich wieder zurück in die Luft. Sechs Monate dauerte der Bau, danach konnte ich endlich wieder abheben.
Heute fliege ich zwar nicht mehr täglich über die Savanne, doch ich schlafe mit offenen Vorhängen, um von der Sonne geweckt zu werden. Hier auf der Kap-Halbinsel möchte ich mein eigenes Gemüse anbauen, solarbetriebenen Strom haben, Bienen für meinen Honig halten, Hühner für die Eier. Für mein eigenes, gesundes Essen zu sorgen, gibt mir Freiheit. Ich gehe spazieren und betrachte die Berge, bleibe stehen und lausche dem Meer. Und habe ich einen schlechten Tag, steige ich in mein Flugzeug und drücke meinen «Happy-Button». Ich geniesse die Einsamkeit und die wunderbare Weitsicht, die grosse Probleme plötzlich klein erscheinen lässt.

JIMMY, 56
7. DEZEMBER 2017, BANGKOK

———————

Mein Körper ist meine Leinwand. Mit zwanzig habe ich angefangen, mich tätowieren zu lassen, heute ist ein Grossteil meines Körpers bedeckt. Klar, es wurde zur Sucht, und die vielen Farben und Linien haben mein Äusseres verändert. Ein Konzept, wie ich einmal ausschauen möchte, hatte ich nie. Doch gibt es ein Konzept für das Leben?

Der Mensch verändert sich Monat für Monat. Meine Tattoos erzählen von meinem Leben; sie skizzieren meine Geschichte und widerspiegeln meinen Charakter. Es sind Zeichnungen, die über die Jahre entstanden sind, aus Momenten, die mein Leben geprägt haben.

Vier meiner Tattoos bedeuten mir besonders viel: Die Tränen unter meinen beiden Augen habe ich zwei Menschen gewidmet, die mir sehr nahe gestanden sind. Die links gelten meinem Vater, der an einer Krankheit starb, als ich zwölf war. Die rechts sind meinem besten Freund gewidmet, der vor zehn Jahren hier auf der Strasse erschossen wurde. Es passierte eines Nachts, als wir auf dem Weg zu einer Bar waren. Wir wollten feiern gehen, doch er verstrickte sich in einen Streit. Plötzlich fielen Schüsse – und er war tot. Ich kann bis heute nicht verstehen, wie so etwas passieren konnte. Den Tod eines geliebten Menschen zu verstehen und zu akzeptieren, fällt einem wohl immer schwer.

Vor einem Jahr ist unser König Bhumibol gestorben. Fast siebzig Jahre lang hat er dem Land gedient und war ein Symbol der nationalen Einheit. Er hat mich und viele andere zutiefst berührt. Als Hommage an ihn habe ich mir «We love the King» auf die Stirn stechen lassen.

Mein absolutes Lieblingstattoo habe ich mir oben auf den Kopf stechen lassen: das Peace-Zeichen, das Symbol für Frieden und Freiheit, die zwei heiligen Wörter. Wir Menschen sollten frei sein in unserem Tun, uns spontan von unserer Intuition leiten lassen, tun, worauf wir Lust haben und was uns glücklich macht. Dabei müssen wir lernen, uns gegenseitig zu akzeptieren, einander zuzuhören, uns auszutauschen, achtsam und offen zu sein. Nur so können wir zusammen in Frieden leben. Das wünsche ich mir.

LEA, 31
19. NOVEMBER 2017, BERN

Ich kann nicht so schnell laufen und mich nicht so weit strecken. Meine Arme und Beine sind im Verhältnis zum Rest des Körpers zu kurz. Ich bin mit 1,31 Metern das, was man kleinwüchsig nennt. Doch das heisst nicht, dass ich eingeschränkt leben muss.

Meine Eltern haben es zwei Tage nach meiner Geburt erfahren. Ihnen war dieses Thema fremd, denn in unserer Verwandtschaft bin ich die Einzige mit Achondroplasie. Mir wurde von Anfang an gesagt, dass ich zwar anders sei, es aber viele Kinder wie mich oder mit einer anderen Form von Kleinwuchs gebe. In meinem Elternhaus standen überall Schemel, und die Lichtschalter wurden mit Schnüren zugänglich gemacht. Meine Familie hat grossen Wert darauf gelegt, dass ich mich nicht anders fühle. Ich wurde gleich behandelt wie meine drei Geschwister – und somit natürlich auch nie verschont, wenn ich einen Blödsinn machte. Im Kindergarten haben meine Eltern den Klassenkameraden erklärt, dass ich kleiner bin, weil meine Knochen weniger schnell wachsen. So war das Thema abgeschlossen. Mit den ersten Wachstumsschüben habe ich angefangen, es selbst zu begreifen. Doch erst als mein vier Jahre jüngerer Bruder plötzlich stärker war als ich, wurde es mir richtig bewusst. In der Schule wurde ich von den anderen überrannt, weil ich die Türe nicht öffnen konnte. Auf den Ausflügen war ich immer langsamer, und jede sportliche Aktivität war eine Herausforderung. Es gab eine Zeit, da wollte ich nicht mehr zur Schule. Ich fühlte mich hilflos und mochte niemandem zur Last fallen. Schliesslich wünschte ich keine Sonderbehandlung. Die schwierigste Zeit war die Pubertät: Alle meine Freundinnen hatten ihre ersten Freunde. Ich blieb alleine und dachte, ich werde für immer Jungfrau sein. Während dieser Zeit war ich unglaublich wütend darauf, kleinwüchsig zu sein, ich empfand es als unfair, fühlte mich wertlos und nicht liebenswürdig. Ich war emotional und aggressiv – was die ganze Sache nicht einfacher machte. Viele sagten mir, ich solle mir einen kleinwüchsigen Mann suchen. Doch für eine funktionierende Beziehung müssen andere Faktoren stimmen, mit der gleichen Augenhöhe ist es nicht getan. Später hatten viele Männer die Vorstellung, dass ich sowieso jeden nehme, den ich abbekomme, und machten mir billige Angebote. Oft wurde ich auch verniedlicht und wie ein junges Mädchen behandelt – das passiert mir noch heute. Auch haben viele das Vorurteil «klein gleich dumm». Als ich mein Studium begonnen habe, haben mich einige gefragt, ob das denn überhaupt gehe.

Es gibt Tage, an denen ich mich verstecken möchte. Rausgehen – wie die Normalwüchsigen –, in der Menschenmenge verschwinden und unsichtbar sein. Ich werde zwar oft übersehen und unabsichtlich gerammt, doch auffallen tue ich immer. Die Menschen drehen sich nach mir um, manche zeigen mit den Fingern auf mich. Manchmal höre ich herabwürdigende Bemerkungen wie «Du bist eine Beleidigung für meine Augen» oder «Achtung, Zwergenalarm». Früher war ich nach solchen Erlebnissen sauer. Meine Gedanken habe ich in mein Tagebuch geschrieben und für mich behalten. Ich wollte meinen Eltern nicht noch mehr zumuten. Sie waren schliesslich meine Basis. Auch meine Freunde haben mich aufgefangen. Ihnen ist es egal, wie gross ich bin. Durch sie schaffte ich es, ein gutes Selbstbewusstsein aufzubauen. An manchen Tagen vergesse ich sogar, dass ich kleinwüchsig bin. Ich weiss nicht, wie man sich als Normalwüchsige fühlt, doch Fakt ist: Ich bin eine Frau, die wie alle anderen ihre guten und schlechten Tage hat. Ich habe die gleichen Wünsche und Sehnsüchte wie andere in meinem Alter, ich denke darüber nach, wie meine berufliche Zukunft aussehen könnte und ob ich irgendwann Kinder haben möchte. Die Chance ist gross, dass auch sie kleinwüchsig wären. Ich habe Angst vor möglichen Fragen, zum Beispiel der, warum ich ihnen das gleiche Schicksal zumute. Oft überlege ich mir: Hätte ich genug Energie, den Vorwürfen standzuhalten?

Seit drei Jahren habe ich einen festen Freund. Er hatte keine Erfahrung mit Kleinwüchsigen, doch er hat mich vorbehaltlos akzeptiert und genommen, wie ich bin, als Lea. Durch ihn habe ich begriffen: Ich bin gut, so wie ich bin.

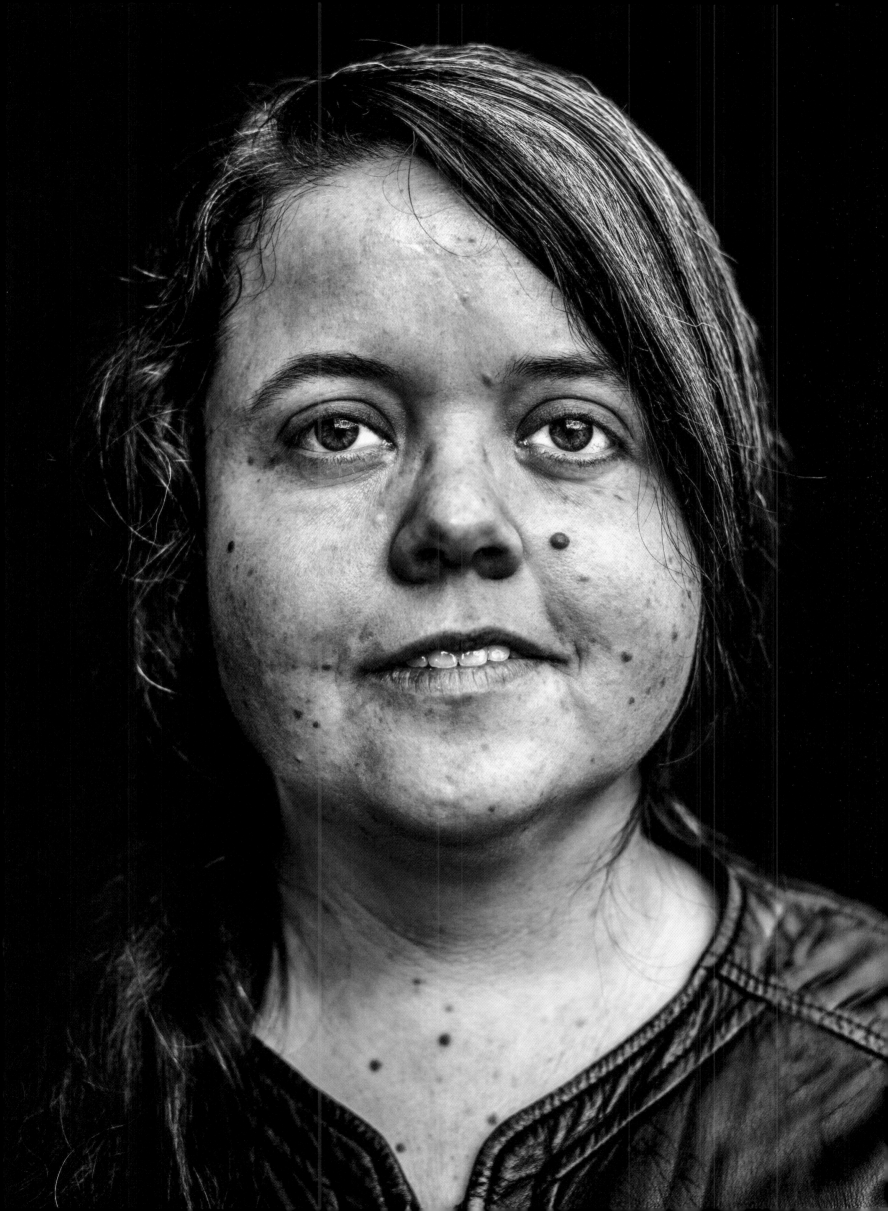

DENNIS, 64
13. OKTOBER 2015, HOLLYWOOD, LOS ANGELES

Meinen ganzen Besitz schiebe ich in einem Einkaufswagen vor mir her. An das Leben auf der Strasse habe ich mich inzwischen gewöhnt, mich mit meiner Situation abgefunden, so gut es geht. Und dennoch: Obdachlos zu sein, wünscht sich niemand. Viele Menschen haben jedoch keine andere Wahl.

Mein Leben war gut, ich war glücklich verheiratet. Als meine Frau an Krebs erkrankte, gaben wir unser ganzes Erspartes für ihre Behandlung aus. Wir fingen sogar an, unsere Sachen zu verkaufen, damit wir irgendwie über die Runden kommen konnten. Aber der Krebs war zu aggressiv, meine Frau starb. Ich war pleite und landete auf der Strasse.
Am Anfang war es besonders hart. Viele Obdachlose bestehlen sich, anstatt sich zu unterstützen. Ironisch, aber leider wahr. Einmal holte ich mir eine starke Lungenentzündung. Es blitzte und regnete, und ich lag mitten auf dem Gehsteig. Ich spürte, wie mein Körper kurz davor war aufzugeben. Doch ein Fremder schenkte mir eine Decke und drückte mir dabei eine Zeitschrift in die Hand. «Erwachet!» stand darauf. Ich las von einer gerechteren Gesellschaft und einer reinen Erde. Von Liebe und Harmonie. Da überkam mich Wärme. Diese Worte schenkten mir Kraft und Sinn. Es war eine Zeitschrift der Zeugen Jehovas.
Ich deutete diese Begegnung als ein Zeichen – und lernte meinen Gott, Jehova, kennen. Er hat mein Leben verändert und das vieler anderer. Was ich über Jehovas Zeugen las, gab mir ein gutes Gefühl. Sie scheinen vielem überlegen zu sein. Inzwischen habe ich sogar einige von ihnen persönlich kennengelernt. Sie haben mich gelehrt, wie ich meine Fähigkeiten zum Guten einsetzen kann. Ich sammle Müll und kümmere mich um eine saubere Umgebung. Und ich sammle Geld, um zu spenden. Auch wenn ich nur wenig zusammenkriege, sei es dennoch besser als gar nichts, meinen sie. Ich tue, was ich kann, um sie zu unterstützen. Die Zeugen Jehovas leisten überall auf der Welt Katastrophenhilfe. In Asien, Afrika, Amerika – überall. Meine Spende geht nach Nepal.

Es gibt viel Leid auf dieser Erde. Bei Menschen wie auch bei Tieren. Wir gehen so rücksichtslos mit unserem Planeten und seinen Lebewesen um. Ich sage jedem: Wenn du Müll sammelst, dann hebe zwei Stücke auf und wirf nicht gleich drei wieder runter. Jeder Mensch kann seinen Beitrag leisten, zusammen können wir viel bewirken.

Elvis Presley war der Grösste. Sein Einfluss auf mein Leben immens. Mit dreissig reiste ich nach Graceland, inspiriert von seiner Musik und entschlossen, in die Fussstapfen des King of Rock'n'Roll zu treten.

Was ich in Graceland sah und erfuhr, rührte mich zu Tränen. Elvis war ein unglaublicher Künstler und Philanthrop. Sein Engagement für sozial Benachteiligte war riesig: Er bezahlte die Schulden von wildfremden Menschen, half ihnen, die Hypotheken zu tilgen, kaufte einer Familie, deren Vater im Krieg verstorben war, ein Haus oder schenkte einem Behinderten einen Rollstuhl. Wann immer Elvis von Leid erfuhr, half er. So wollte ich auch werden. Genauso gutmütig, genauso sozial und am Gemeinwohl interessiert wie mein Vorbild.

Während einiger Monate lebte ich in Las Vegas. Dort lief ich jeden Morgen an zwei Obdachlosen vorbei, die Geld sammelten, um Essen zu kaufen. Dieser Anblick tat mir weh. Ich verstand nie, wieso das Vermögen so ungerecht verteilt, wieso die Kluft zwischen Arm und Reich so gross war. Ich brachte ihnen täglich Brot oder sonst was, um ihnen zu helfen. Ich war der Ansicht, jeder Mensch sollte eine zweite Chance bekommen, um sein Leben wieder auf die Reihe zu kriegen. Wie Elvis einst sagte, haben wir alle denselben Ursprung. Wenn wir andere missachten, missachten wir auch einen Teil von uns selbst. Die beiden Obdachlosen und ich wurden Freunde.
Nach vier Monaten in Las Vegas ging ich zurück nach New York und nahm sie mit. Sie durften so lange bei mir wohnen, bis sie sich eine eigene Bleibe leisten konnten – so die Abmachung. Ich verhalf ihnen zu einem Job und kümmerte mich um all ihre Anliegen. Meinen Lebensunterhalt verdiente ich als Elvis-Double auf dem Times Square. Ich musste selbst schauen, wie ich über die Runden kam, doch andere Menschen glücklich zu machen, hatte für mich einen höheren Stellenwert.
Mit der Zeit merkte ich jedoch, dass meine Gutmütigkeit ausgenutzt wurde. Meine beiden Freunde belogen mich und klauten Geld aus meiner Wohnung. Ihren Verdienst gaben sie für Drogen aus, und nebenbei wollten sie noch von mir profitieren. Ich war so enttäuscht. Ich war so naiv!
Denselben Fehler machte ich noch einige weitere Male, immer wieder versuchte ich zu helfen. Und erneut wurde ich manipuliert und ausgenutzt. Jeder wollte nur von mir profitieren. Irgendwann hatte ich einfach keine Lust mehr.

Heute fragen mich immer noch Leute, ob sie bei mir übernachten könnten. Nun sage ich: «Sorry, das ist nicht mein Problem.» Eigentlich entspricht das nicht meinen Prinzipien. Oft fühle ich mich einsam und hätte gerne jemanden, der bei mir wohnt. Doch ich bin einfach nicht mehr bereit, betrogen zu werden. Ich lebe jetzt in einem Hotel.
Immer noch verkörpere ich Elvis Presley am Times Square. Ich kleide mich wie er, bewege mich, wie er es getan hatte, und versuche, gute Laune zu verbreiten. Doch ich bin nicht mehr so gutmütig, wie er es einst war. Ich kann nicht Elvis Presley sein.

Im Kindergarten hatte ich als Einzige eine Brille, und an meinem Fahrrad war ein Rückspiegel befestigt. Zudem musste ich regelmässig zum Augenarzt. Ansonsten war ich wie die anderen.

Während sich mein älterer Bruder vor dem Fernseher ein Loch in den Bauch lachte, konnte ich nur mit Mühe nachvollziehen, worum es überhaupt ging. Und warf ich ein Glas um, das ich aufgrund des mangelnden Kontrastes nicht sah, betitelte er mich als ungeschickt.

Schlimmer wurde es dann in der Schule: Was die Lehrer an die Wandtafel geschrieben hatten, konnte ich nur selten entziffern. Ich musste konzentriert zuhören und alles auswendig lernen. Im Zeichenunterricht prägte ich mir die Nummern der Farbstifte ein – Nummer 160 Blau, 210 Grün. Geografieprüfungen fielen mir besonders schwer, denn ich konnte die unterschiedlichen Farben der Klimazonen oder Gewässer im Atlas nicht unterscheiden. Als ich mich meinem Lehrer anvertraute, meinte der nur: «Mädchen können nicht farbenblind sein!»

Im Schulsport wurde ich jeweils als Letzte in die Mannschaft gewählt, und ich bekam während der Spiele oft Bälle an den Kopf geworfen, weil ich sie mit meinem eingeschränkten Gesichtsfeld nicht kommen sah. Beim Volleyball wurde ich als Schiedsrichterin eingeteilt – ich hatte der Lehrerin gesagt, dass ich den Ball immer zu spät wahrnehmen würde. Doch aus der Distanz konnte ich erst recht nichts sehen, musste die Punkte anhand des Jubels verteilen. Orientierungsläufe waren sehr strapaziös, und dennoch schaffte ich es immer, mich durchzuschummeln. Meine Lehrer haben nie bemerkt, wie schlecht ich sehe. Sie nannten mich eine Minimalistin, meine Mitschüler bezeichneten mich als Tollpatsch.

Ich hatte viele Strategien, um nicht aufzufallen. In der Schule spielte ich den Klassenclown, um meine Sehschwäche zu überspielen, und in der Freizeit hielt ich mich durch angebliches Desinteresse von Aktivitäten fern. Als meine Freunde anfingen, an Partys zu gehen, war ich diejenige, die lieber zu Hause Bücher las. In den Discos war es mir zu dunkel und zu laut, um mich zu orientieren. Ich fühlte mich oft einsam und verloren. Und die Familie? Die hat das nicht bemerkt.

Mit achtzehn erhielt ich die Diagnose RP – eine Netzhautdegeneration, die zur Erblindung führen kann. Sechs Jahre später kam mein Sohn zur Welt, zum Glück war er ein pflegeleichtes Kleinkind. Wenig zu sehen, war anstrengend, und mich draussen zu bewegen, wurde immer schwieriger. Dennoch fuhr ich Fahrrad, mit ihm im Kindersitz. Manchmal rief er von hinten: «Mama, hier darfst du nicht fahren!» – die Schilder am Strassenrand sah ich nicht.

Mein Gesichtsfeld wurde immer enger und mein Sehvermögen schlechter. Als vier Jahre später meine Tochter zur Welt kam, konnte ich nur noch wenig erkennen. Ich war alleinerziehend und gezwungen, viel Neues zu lernen: die Blindenschrift, den Umgang mit dem weissen Stock, den Gebrauch eines Computers samt Sprachausgabe. Etwas später stiess Cleo, mein Blindenführhund, zur Familie. Mit dreissig verlor ich das Augenlicht.

Das Schlimmste ist, dass ich lange Zeit niemandem erzählt habe, wie beeinträchtigt ich wirklich bin. Ich wollte und konnte es mir selbst nicht eingestehen, hatte Angst, meine Selbständigkeit zu verlieren. So absurd es klingt: Komplett zu erblinden, war in gewisser Weise eine Erleichterung. Mit einer klaren Tatsache umzugehen, fällt mir wesentlich leichter als mit einer diffusen Situation.

Was ich «sehe», ist schwierig zu beschreiben. Es ist nicht einfach schwarz, eher vergleichbar mit einem grauen, dichten Nebel. Ich musste lernen, nur noch eine Sache auf einmal zu erledigen, strukturierter zu leben, in unvorhergesehenen Situationen nicht die Fassung zu verlieren, mir die Zeit zu nehmen, die ich brauche, und mich über Kleinigkeiten zu freuen. Und das Allerwichtigste: Ich habe gelernt, Hilfe anzunehmen und auch schwierige Situationen mit Humor zu meistern.

Die Menschen sind hilfsbereit. Doch ich kann mir nicht aussuchen, mit wem ich sprechen möchte. Es ist auch schon vorgekommen, dass ich einen Billettautomaten um etwas gebeten habe.

Mit vierzig habe ich Andreas, meinen Partner, kennengelernt. Seine schöne tiefe Stimme hat mir auf Anhieb gefallen. Gemeinsam fahren wir oft mit dem Tandem durch die Natur. Einmal erklärte er mir, dass wir gerade an einem Sonnenblumenfeld vorbeifahren würden. Ich schaute nach rechts und sagte: «Wow, wie schön!» Das Feld befand sich jedoch links. Durch meine Vorstellungskraft «sehe» ich. Zu wissen, wie etwas wirklich aussieht, kann ernüchternd sein: Was auf einer Tandemtour durch Thailand in meinen Gedanken tropisch, idyllisch und üppig blühend war, beschrieb Andreas so: «Mischwald, wie am Bielersee, Wellblechhütten, viel Abfall, sehr ärmlich.»

Manchmal bin ich wütend oder traurig. Besonders in der warmen Jahreszeit, wenn ich nicht unbeschwert in einem See schwimmen oder einen Spaziergang nicht spontan allein machen kann.

Könnte ich mir wünschen, noch einmal etwas zu sehen, wären das meine Kinder. In meinem Kopf sind nur die Bilder von damals, als sie noch klein waren.

STEVEN, 55

Die Alkoholsucht war die Kulisse meiner Kindheit, meine Eltern die Hauptdarsteller und ich ein Statist. Meine Eltern nüchtern zu erleben, war eine Seltenheit. Sie schrien sich dauernd an, warfen Teller durch die Luft, wurden handgreiflich und erniedrigten sich gegenseitig – und schliesslich auch mich.

Ich spüre, wie mein Herz zu rasen anfängt und mein Mund immer trockener wird, wenn ich davon zu erzählen beginne. Auch jetzt. Diese unterdrückte Wut in mir ist noch immer gegenwärtig. Es fällt mir schwer, über diese Zeit zu sprechen. Das Wichtigste für meine Eltern war, dass sie niemals einen leeren Alkoholschrank hatten. Dass ich ein Trauma davontragen würde, das mich mein ganzes Leben verfolgen würde, kümmerte sie nicht.
Mit jedem Tropfen verschwand ein Stück ihrer Persönlichkeit. Bis nichts mehr da war. Im besten Fall reagierten sie noch auf die Hälfte von dem, was ich ihnen zu sagen versuchte. Aber in jedem Fall wussten sie am nächsten Tag nichts mehr davon.
Nachts gingen sie aus und liessen mich allein zurück. Ich hatte Angst, doch das war ihnen egal. Ich versteckte mich unter der Bettdecke, bis der Haustürschlüssel schliesslich wieder auf den Tisch geknallt wurde und ich endlich einschlafen konnte. Meine ganze Kindheit hindurch war ich auf mich gestellt, ich musste mir alles selbst beibringen, hatte niemanden, der mir zeigte, was richtig und was falsch war. In der Schule lernt man gerade einmal das Nötigste. Aufs Leben vorbereitet wird man nicht.
Mit achtzehn verliess ich mein Zuhause. Anderen Menschen zu vertrauen und mich gehen zu lassen, fiel mir schwer. Ich war ein Einzelgänger. Mit fünfundvierzig Jahren hatte ich meine erste Freundin. Sie war die erste Person in meinem Leben, der ich vertraute. Nach fünf Jahren kaufte ich ihr einen Verlobungsring. Doch als ich ihr den Antrag machte, sagte sie mir, dass sie mich verlassen wolle. Sie brauche einen wohlhabenderen und gebildeteren Mann. Mein Traum, eine Familie zu gründen, platzte – und ich fing an zu trinken. Geriet in das Verhaltensmuster meiner Eltern. Trank so viel, bis es auch bei mir zu einem Problem wurde. Ich verlor meinen Job und schliesslich mein Zuhause.

Heute bin ich obdachlos. Die Menschen ignorieren mich auf der Strasse. Sie schauen weg, weil es seelisch belastend ist hinzusehen.
Nichts hätte ich mir sehnlicher gewünscht, als eine eigene Familie zu haben. Inzwischen habe ich aufgehört zu trinken, doch solange ich auf der Strasse lebe, wird sich mein Wunsch niemals erfüllen. Denn welche Frau interessiert sich schon für einen obdachlosen Mann?

ELISABETH, 25

13. NOVEMBER 2017, GONTEN, APPENZELL INNERRHODEN

Bereits als Kind vertraute ich Jesus meine tiefsten Geheimnisse an, meine Sorgen und Ängste. Ich war Angela – schüchtern, zurückgezogen, in mich gekehrt, doch immer offen für meine Mitmenschen und die Welt. Ich wuchs behütet in der Nähe von Hannover auf. Meine Mutter las meiner Schwester und mir aus der Bibel vor, doch dass ich eines Tages im Kloster leben würde, hätte auch sie nie gedacht.

Ich wurde nach christlichen Werten erzogen; durfte jedoch selbst entscheiden, wie oft ich die Kirche besuchen wollte. Manchmal ging ich selten, dann wieder öfter. Immer mehr spürte ich, wie der Glaube mich stärkte.
Viele meiner Freundinnen waren nicht gläubig. Während sie an den Wochenenden ausgingen, bevorzugte ich die Ruhe. Nur selten ging ich mit. Ich wollte früh aufstehen, die Morgenstimmung geniessen, fotografieren und mit Jesus in Kontakt treten. Eine Aussenseiterin war ich jedoch nie.
Früher wollte ich Säuglingsschwester werden. Ich liebe Kinder. Mein Vater sah in mir eine Polizistin oder Ärztin. Doch immer mehr spielte ich mit dem Gedanken, ins Kloster zu gehen. Ich war achtzehn Jahre alt und kurz vor dem Schulabschluss. Übers Internet bin ich auf das Kloster Leiden Christi in Jakobsbad gestossen, und ich habe Kontakt aufgenommen.
Viele meiner Mitschüler lachten, als sie davon erfuhren, doch das kümmerte mich wenig. Denn ich wusste, was ich wollte, und stand zu meinem Vorhaben. Vielmehr hatte ich Bedenken vor der Antwort der Schwestern: eine Achtzehnjährige im Kloster? Ihr positiver Bescheid überraschte mich. Vorerst hatte ich mich entschieden, ein Jahr lang ins Kloster zu gehen. Ich wollte es ausprobieren. Mein Vater fuhr mich in die Schweiz, zehn Autostunden entfernt von meiner Heimat. Kurz vor dem Ziel sagte er mir, dass er fühle, dass ich bleiben werde. Ich kannte weder den Ort noch die Schwestern. Und doch habe ich ab dem ersten Augenblick gespürt, dass ich angekommen bin.
Das Verhältnis zu den Schwestern war von Anfang an sehr familiär. Gab es Konflikte, sprachen wir offen darüber und halfen einander. Der Altersunterschied ist gross, doch ich führte mit Achtzigjährigen dieselben Gespräche wie mit Gleichaltrigen. An die Stille musste ich mich allerdings erst gewöhnen. Die Tagesabläufe mochte ich von Beginn an; alles war klar strukturiert, von den Mahlzeiten bis hin zu den sieben Gebetszeiten.

Meine Beziehung zu Jesus ist innig und persönlich. Er weiss, wo meine Kräfte liegen, was ich kann und wann ich besser stoppen sollte. Er ist da, wenn ich ihn brauche.
Das Leben im Kloster ist einfach. So auch die Kleidung. Ich hatte mich früher gerne schön angezogen; weiblich, mit Spitzen. Und ich mochte hohe Schuhe. Doch die Ordenstracht zeigt, wohin ich gehöre. Das mag ich. Meine schönen Kleider trage ich darunter, für mich selbst. Auch habe ich zum neuen Lebensabschnitt einen anderen Namen gewählt: Elisabeth. Als Elisabeth bin ich aufgeblüht und fühle mich frei. Meine Familie nennt mich noch immer Angela. Sie hat damals gehofft, dass ich zurückkehren werde. Besonders meine Schwester, sie ist ganz anders als ich. Sie hat nicht verstanden, wie ich mein altes Leben aufgeben konnte. Doch heute spürt sie: Ich bin glücklich hier.
Nun bin ich seit fünf Jahren im Kloster. Diesen April habe ich die ewige Profess abgelegt, die endgültige Entscheidung, meinen Weg mit Jesus zu gehen. Das ist vergleichbar mit einem Ehebund. Ich habe Ja gesagt zu Jesus. Ja zum Kloster.

Viele fragen mich, wie ich mir so sicher sein kann, ein Leben ohne Partner und eigene Familie führen zu wollen. Vielleicht hätte ich mich auf eine Beziehung eingelassen, wenn ich früher jemanden gefunden hätte. Doch ich verspürte nie dieses Bedürfnis. Ich bin von meinem Weg überzeugt und folge ihm mit Vertrauen. Dennoch ist mir bewusst: Wie auch in einer Ehe kann man im Kloster schwierige Zeiten erleben. Schliesslich hat man nie die Garantie, ewig glücklich zu sein. Falls ich eines Tages unzufrieden sein werde, ist die Frage, wie ich damit umgehe. Das Leben ist voller Herausforderungen. Man kann sie annehmen und daran arbeiten.

Für die Zukunft wünsche ich mir, den Menschen das geben zu können, was ihnen oft fehlt: Ruhe, Aufmerksamkeit und Liebe. Viele laufen blind aneinander vorbei, hören sich nicht zu. Sie vergessen, sich zu achten und einander mit Liebe zu begegnen. Wir Menschen sind doch alle irgendwie miteinander verbunden. In meinen Augen könnte ein Christ mit einem Muslim zusammen sein. Was spielt das für eine Rolle? Wieso können wir uns nicht gegenseitig akzeptieren und uns mit Respekt gegenübertreten?
Unsere Zeit auf der Erde ist beschränkt. Liebe kostet nichts, doch schenkt Erfüllung. Für mich ist Jesus die lebendige Liebe, die mir ein Vorbild ist.

ROGER, 40

25. OKTOBER 2015, WESTWOOD, LOS ANGELES

Endlich selbständig!
Diese Entscheidung war der grösste Wendepunkt in meinem Leben.

Ich bin Piercer aus Leidenschaft. Für mich sind Bodypiercings viel mehr als einfach Körperkunst und professionelles Handwerk. Oft sind sie Ausdrucksform einer Lebensart. Immer mehr Menschen tragen diesen Körperschmuck. Umso wichtiger ist es, dieses Handwerk perfekt zu beherrschen.

Getrieben von der Idee, das Studio, in dem ich tätig war, vorwärtszubringen und bekannter zu machen, wollte ich Kurse anbieten. Ich hatte innovative Pläne, die ich meinem Arbeitgeber präsentierte. Doch alle wurden verworfen. Als Angestellter wurde ich nie wirklich ernst genommen.

Irgendwann realisierte ich, dass ich meinen eigenen Weg gehen musste, um mich ausleben zu können. Ich kündigte. Von meinen Plänen, ein eigenes Studio zu eröffnen, erfuhr niemand. Ich wollte etwas Neues kreieren. Ich versuchte es von Grund auf allein zu schaffen.

Doch aller Anfang ist hart. Vor drei Jahren eröffnete ich mein eigenes Studio Ancient Adornments. Zu Beginn hatte ich kaum Kundschaft und somit fast kein Einkommen. Ich hatte Existenzängste, fürchtete mich davor, alles zu verlieren. Mein Haus, mein Auto, einfach alles. Denn das Leben in Kalifornien ist teuer, und hier etwas zu erreichen, enorm schwierig. Ich dachte daran, aufzugeben und wieder den einfachen Weg zu nehmen. Doch meine Familie unterstützte mich. Sie motivierte mich, an mich selbst zu glauben, dranzubleiben und zu kämpfen. Es hat sich gelohnt.

Heute habe ich zwar für den Unterhalt meiner Familie zu sorgen und gleichzeitig die Löhne meiner Angestellten zu bezahlen. Es ist eine grosse Verantwortung, die mir ab und an Kopfschmerzen bereitet. Denn eine Garantie für tägliche Kundschaft gibt es nicht. Piercings sind ein Luxusgut, nichts Essentielles.

Und dennoch: Meinen Wunsch, mein eigener Chef zu sein, habe ich mir erfüllt. Ich kann kommen und gehen, wann ich will, und die Ideen umsetzen, die mir passen. Ich gebe heute Kurse in meinem Studio und kreiere nebenbei meinen eigenen Schmuck. Ich habe meine Freiheit, und es fühlt sich grossartig an. Und das Allerschönste: Ich habe gemerkt, welcher Wert die Familie hat. Zu erfahren, wie sie hinter mir steht und mich unterstützt, ist wichtiger als aller Ruhm und alles Geld der Welt.

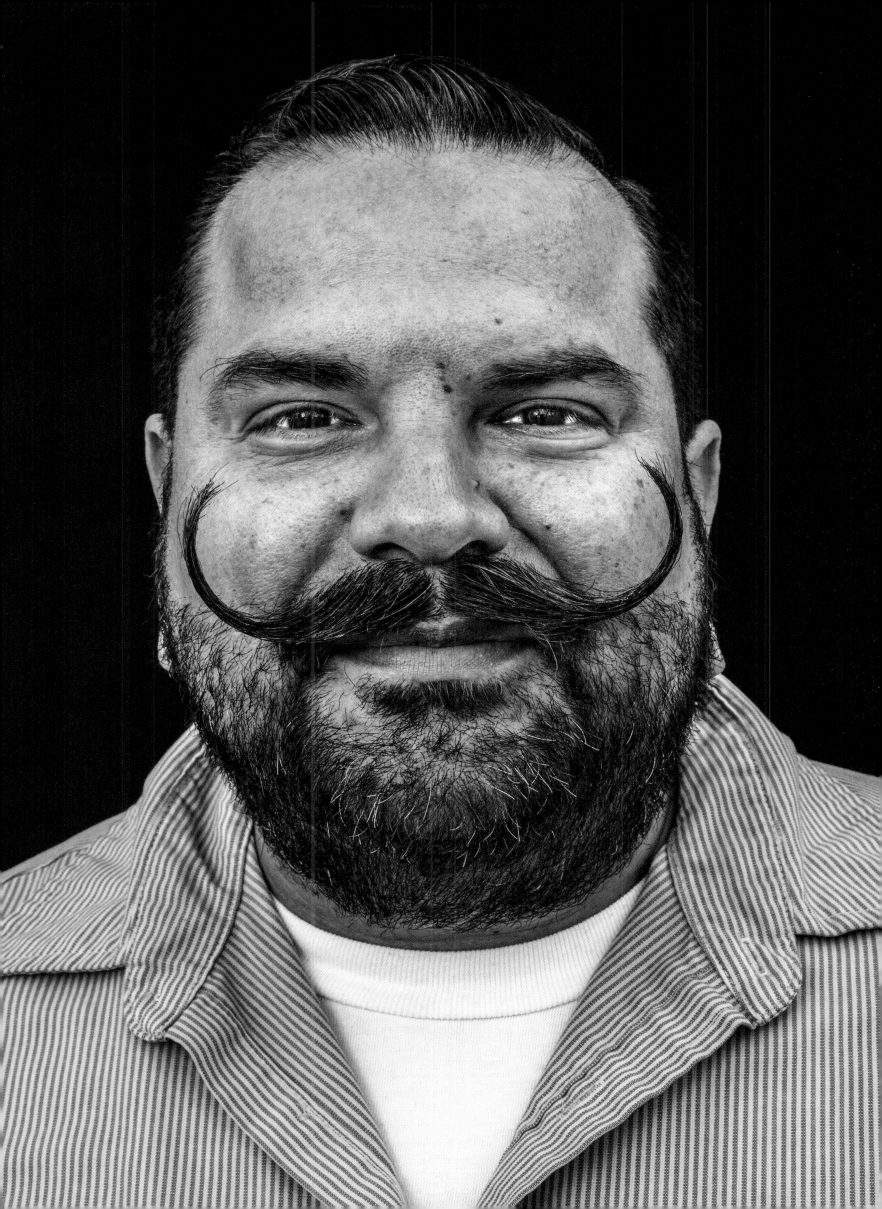

GABRIEL, 58

5. NOVEMBER 2015, WILLOQ, PERU

Hier in Willoq leben wir in unserer eigenen Welt, die mehr oder weniger beim letzten Haus unseres Andendorfs endet.

Wir sprechen Quechua, eine indigene Sprache, und wir leben nach alten Traditionen. Männer tragen einen roten Poncho, eine Wollmütze, Flanellhosen und Sandalen. Unsere Frauen traditionelle Kleider, rote Strickjacken mit weissen Knöpfen und eine Kopfbedeckung mit Kinnriemen.
Die Wetterbedingungen hier sind ziemlich rau, und dennoch sind unsere Häuser nur mit einem Stroh- oder Blechdach geschützt. Elektrizität haben nur wenige. Im ganzen Dorf gibt es nur ein Telefon.
Diese Berglandschaft glich früher einer Wüste. Das Land war trocken und ungenutzt. Die Bewohner von Willoq ernährten sich ausschliesslich von Kartoffeln und Bohnen. Die meisten Menschen hier sind arm, und viele sind unglücklich. Trotzdem waren sie lange nicht an einer Veränderung interessiert. Auch nicht, als ich mit der Idee kam, Land zu kultivieren, um Nahrung anzupflanzen. Ich weiss, wie es geht; wie man Gemüse anbaut, pflegt und erntet. Ich habe es in der Schule gelernt.
In Willoq haben nur sehr wenige die Chance, eine Schule zu besuchen. Oft fehlt das Geld und damit die Möglichkeit, in die kilometerweit entfernte Stadt zu gelangen. Ich hatte Glück, denn meine Eltern vererbten mir ein kleines Vermögen. Und mit dem, was übrig blieb, wollte ich die Felder bepflanzen, um das Leben hier zu verändern. Doch die Bewohner von Willoq davon zu überzeugen, dass ich ihnen mit meinen Mitteln und meinem Wissen helfen möchte, dauerte lange, denn die Menschen hier sind Einzelgänger.

Vor zwei Jahren dann wurde ich zum Präsidenten der Dorfgemeinschaft gewählt, und ich bekam die Chance, mein Projekt, die Weiterentwicklung der Agrikultur, zu verwirklichen. Ich kaufte Samen und bepflanzte Felder. Kartoffeln, Bohnen, Mais, Quinoa und Erbsen. Das Bild dieser Umgebung verändert sich immer mehr. Und mit ihr auch die Menschen: Sie wollten einst, dass ich aufhöre, aber ich habe mich durchgesetzt und liess mich nicht von meinem Weg abbringen. Nun wachen sie langsam auf und erkennen, dass das Leben mehr zu bieten hat, wenn man die Möglichkeiten ausschöpft. Nur so können wir unseren Nachkommen etwas Sinnvolles hinterlassen.

CINDY, 30
23. FEBRUAR 2015, ZÜRICH

Ich bin 1,79 Meter gross, wiege 79 Kilogramm, und mein Körperfettanteil liegt bei 11 Prozent. In sieben Jahren entwickelte ich mich von der zarten Frau zur Kraftsportlerin.

Als Vierjährige begann ich mit Kunstturnen, später wechselte ich in die rhythmische Sportgymnastik. Mein Vater, ein extrem disziplinierter und fanatischer Sportler, lehrte mich, durchzubeissen und über meine Grenzen hinauszugehen. Meine Mutter begleitete mich an Wettkämpfe und motivierte mich, besser zu werden. Sie kochte gesund und stellte sicher, dass es mir an nichts fehlte.
Meine Ambition als Spitzensportlerin war gross, internationale Wettkämpfe waren mein Ziel. Doch bereits mit sechzehn war alles vorbei: Eine Verletzung bremste mich für ein Jahr aus. Es folgte eine weitere – und meine Karriere war beendet. Ein herber Schlag.
Mit Spitzensport aufzuwachsen und plötzlich darauf verzichten zu müssen, ist schwierig. Vollkommen ohne Bewegung auskommen konnte ich jedoch nicht. Ich trainierte ganze Sonntage mit meinem Vater – biken, joggen, schwimmen, wandern. Doch brauchte ich eine neue Herausforderung, so zog es mich aus Neugier in ein Fitnesscenter.
Diese Welt faszinierte mich vom ersten Moment an. Die grossen Hanteln, der eindringliche Geruch, die Menschen, die ihren Körper schwitzen liessen. Vorerst trainierte ich moderat. Ich modelte und hielt mich schlank. Mit zwanzig wurde ich zur Vize-Miss-Zürich gekürt. Das Dünnsein wurde zur Pflicht. Glücklich war ich jedoch nie dabei.
Meine Befriedigung fand ich im Kraftsport. Es fasziniert mich, wie ich meinen Körper trainieren kann, um stärker

zu werden. Wie ich essen muss, um genug Kraft aufzubauen. Wie ich die perfekte Balance zwischen körperlicher Anstrengung und Erholung finden kann, um den idealen Leistungsanstieg zu erzielen.
Mein Training wurde intensiver und mein Wille stärker. Jede Steigerung motivierte mich, einen Schritt weiter zu gehen. Jedes Training fühlte sich fantastisch an. Mit zweiundzwanzig entschied ich mich, kompromisslos auf Kraftsport zu setzen. Ich tüftelte an Trainingsplänen, stellte meine Ernährung um und machte mich selbständig.
Meinen Lebenswandel verstanden viele Menschen in meinem Umfeld nicht. Doch ich wollte mich nicht länger fremdbestimmen lassen, nur um den Erwartungen anderer gerecht zu werden.

Ich mag es, auswärts essen zu gehen, habe aber einen klaren Plan, wann ich Eiweisse oder Kohlenhydrate esse. Ich liebe die Musik, doch ein Verlangen auf Partynächte verspüre ich nicht. Am Samstag gehe ich lieber früh schlafen, um sonntags zeitig mit dem Training zu beginnen. Meine Interessen sind extrem, doch es ist meine Art, mein Leben zu geniessen.
Ich bin mir bewusst, dass ich polarisiere. Ich höre die Menschen auf der Strasse flüstern und bemerke die herabwürdigenden Blicke. Viele verurteilen meine Lebensweise, doch ich lebe heute strukturierter und gesünder. Ich werde international als Model gebucht, und dabei sagt mir niemand mehr, ich müsse abnehmen. Ich fühle mich schöner und stärker als vor zehn Jahren. Und das Beste daran ist: Ich stehe jeden Tag mit Freude und Motivation auf.

JAFET, 29

Panama ist ein reiches Land, doch die Armut der Menschen hier ist gross. Ist keine Einkommensquelle vorhanden, sucht man eine andere Möglichkeit, um zu überleben. Ich wollte Sicherheit und Zusammenhalt. So kam ich mit vierzehn Jahren zur Ciudad de Dios.

Der Name ist an eine berüchtigte Strassengang in Rio de Janeiro angelehnt. Mit Ciudad de Dios fühlte ich mich stark. Die meisten von uns waren obdachlos und alleine. Mit dieser Gang waren wir eins. Wir kämpften miteinander und füreinander. Doch der Alltag war hart: Wir stahlen und handelten mit Drogen, um an Geld zu kommen, verschafften uns Respekt mit Gewalt. Und wir töteten, um andere Banden vom eigenen Revier fernzuhalten. Blutige Auseinandersetzungen, Rivalitäten, Racheakte an Verrätern – und letztlich auch der Tod – waren allgegenwärtig. Achtzehn Gangmitglieder sind in den Strassen von Casco Viejo gestorben. Sie waren meine Brüder, meine Familie.
Ich wurde zum berüchtigsten Dealer der Gegend und der Kopf unserer Gang. Als Anführer fühlte ich mich wichtig. Die Leute auf der Strasse kannten mich. Ich hatte grosses Ansehen.
Irgendwann begann die Polizei damit, die Mitglieder der verschiedenen Gangs zu verhaften. Hatten sie keine tatkräftigen Beweise, erfanden sie welche. Mir wurde klar: Entweder endet mein Weg im Grab oder im Gefängnis. Insgesamt verbrachte ich elf Jahre im Knast. Es waren meine schlimmsten Jahre, denn hinter Gittern trafen die Mitglieder aller Clans aufeinander. Und ich stand im Fokus.
Als ich entlassen wurde, waren die meisten Mitglieder von Ciudad de Dios tot. Ich entschied mich, auszusteigen, ein normales Leben zu führen. Doch frei in der Stadt herumzulaufen, hätte als Ex-Gangmitglied den sicheren Tod bedeutet. Die Gangs vergessen nie.
In Gott fand ich einen Ausweg: In Panama steht der Herr über allem. Das Eigentum Gottes rührt man hier nicht an. So bekannte ich mich zum christlichen Glauben und konnte mich einigermassen frei bewegen.
Je mehr ich mich mit meiner Religion auseinandersetzte, desto mehr wurde mir bewusst, was ich getan hatte. Vieles davon war falsch; vieles bereue ich heute zutiefst. Doch wenn ich auf meine Jugend zurückblicke, sehe ich auch die Aussichtslosigkeit. Ich sehe den verzweifelten Jungen, der einfach nur nach Halt gesucht hat. Es stimmt mich traurig, dass unser reicher Staat den Armen keine Unterstützung bietet. Im Kampf ums Überleben werden aus Kindern Straftäter.

Heute führe ich ein ruhiges und anständiges Leben mit meiner Frau und unseren Zwillingen, zwei Mädchen. Nun bin ich Oberhaupt dieser Bande und habe die Pflicht, uns ein sicheres Zuhause zu gewährleisten.

HANS, 84
4. FEBRUAR 2015, DOTTIKON, AARGAU

«Die Russen kommen!» Es war Ende Januar 1945, als der Gauleiter des NS-Staates bei Breslau einen Räumungsbefehl einleitete. Die Rote Armee marschierte quer durch Polen nach Schlesien. Frauen und Kinder mussten ihre Heimat unverzüglich verlassen. Viele flohen in den Westen.

Bis zu diesem Zeitpunkt wohnte ich mit meinen Eltern und sieben Geschwistern auf einem Bauernhof in Schmolz bei Breslau, der Hauptstadt Schlesiens, die Teil des Deutschen Reiches war. Ich war vierzehn Jahre alt, noch ein Jahr zu jung für den Militärdienst. Meine vier älteren Brüder wurden am selben Tag zum «Volkssturm» eingezogen. Auch meinem Vater oblag der Dienst des Staates. Sie alle mussten gegen die Russen kämpfen, um den Heimatboden des Deutschen Reiches zu verteidigen. Zu diesem Zeitpunkt ahnte ich nicht, dass ich meine älteren Brüder nie mehr sehen würde.
Meine zwei jüngeren Brüder, unsere Mutter und ich hatten keine Zeit mehr zu verlieren. Wir bespannten unseren Wagen mit zwei Pferden und beluden ihn mit Nahrung und Futter. Ein Koffer mit dem Nötigsten hatte darauf noch Platz, alles andere mussten wir stehen und liegen lassen. Jedem Wagen wurden fünf Familien zugeteilt.
1945 war ein harter Winter. Trotz Schnee und Eis mussten wir zu Fuss gehen. Wir liefen ohne Ziel, neben einer Kolonne von zweiunddreissig Wagen. Unterwegs fanden wir Unterschlupf in Scheunen oder auf Heuböden, in fremden Häusern, in Kinosälen, Turnhallen oder Schulhäusern. Die geheizten Räume gaben uns für kurze Zeit ein Gefühl von Sicherheit. Doch zwei, drei Tage später mussten wir bereits wieder weiterziehen.
Die kalte Winterluft hielt das Fleisch zum Essen kühl, doch als es wärmer wurde, begann es zu gammeln. Viele wurden krank. Wenn jemand starb, wurde die Leiche einfach an den Strassenrand gelegt. Wir mussten weitergehen, ohne innezuhalten.
Unsere Route von über tausend Kilometern in den Westen führte über das Riesengebirge und die damals noch von Deutschen bewohnten Gebiete des heutigen Tschechiens. Dort begegneten wir mit Juden und KZ-Häftlingen gefüllten Zugwagen, und wir kamen am Konzentrationslager Theresienstadt vorbei. Wir durften uns dazu nicht äussern und

uns erst recht nicht auf die Seite der Gefangenen stellen, denn noch kontrollierten die Nazis alles. In den Wäldern Tschechiens sahen wir Kleider und Koffer herumliegen – wie sich später herausstellte, gehörten diese den Juden. Dass dieses Volk verdammt war, wussten wir. Doch welches Ausmass diese Tragödie wirklich hatte, erfuhren wir erst später. Einmal quartierten wir uns in einem Schloss ein. Für uns Kinder war das ein grosses Ereignis, denn wir konnten dort die Hügel runterschlitteln – zu Hause im Flachland war das nicht möglich gewesen. Doch auch von dort mussten wir bald weiterziehen. Die russischen Truppen näherten sich.
Immer wieder hörten wir Geschützdonner. Zu unserem Glück sind wir vom geplanten Weg abgekommen, denn wie wir später erfahren haben, wurden viele Flüchtlinge auf dem herkömmlichen Weg verfolgt und umgebracht.
Eines Tages kreuzten uns amerikanische Tiefflieger. Sie haben auf alles geschossen, was sich bewegte. Ich war mit anderen Kindern auf einer Wiese, als ein Amerikaner direkt auf uns zuflog. Ich konnte dem Piloten in die Augen schauen, er hätte nur einen Hebel bewegen müssen. Vielleicht liess er es bleiben, weil wir Kinder waren.

Am 8. Mai 1945 war der Krieg zwar zu Ende, unsere Flucht aber dauerte noch bis Ende September, erst dann waren wir in Meissenheim in Sicherheit.
Es war schwierig, das Erlebte richtig einzuordnen. Als Kind habe ich den Ernst der Lage nicht wirklich begriffen. Ich hielt diesen Überlebenskampf für ein grosses Abenteuer. Erst im Laufe der Zeit wurde mir bewusst, was der Krieg und die Flucht bedeuteten. Millionen Menschen haben ihr Leben verloren, und etliche Familien wurden auseinandergerissen. Was in diesen Jahren passiert ist, kann sich die heutige Generation kaum vorstellen.
Es sind nun siebzig Jahre vergangen. Ich habe meine Geschichte aufgeschrieben und viele Male erzählt. Immer wieder wühlten mich die Bilder von damals auf. Doch nur so konnte ich dieses Trauma verarbeiten.
Vor drei Jahren besuchte ich im heutigen Polen das Haus, in dem ich aufgewachsen bin. Es wurde längst renoviert, und auf dem Acker nebenan sind neue Häuser entstanden. Ich stand da und dachte: Also gut, alles ist vorbei.

EDDIE, 50

25. OKTOBER 2015, VENICE BEACH, LOS ANGELES

Nach der Highschool wurde ich von zwei guten Universitäten angenommen, um Kunst zu studieren. Doch mein Vater war dagegen. Er meinte, mit meinem Talent würde ich nie Geld verdienen. Er wollte, dass ich Arzt werde. Stattdessen leitete ich ein Malergeschäft.

Als ich meine Frau kennenlernte, war ich zwanzig Jahre alt. Schon nach kurzer Zeit haben wir geheiratet. Rückblickend sehe ich die Heirat als Flucht aus meinem Elternhaus. Ich war zu jung, um zu merken, dass auch sie mir das Gefühl gab, nicht gut genug zu sein. Sie hatte Kunst studiert und liess mich bei jeder Gelegenheit spüren, dass ich nur ein selbsternannter Künstler sei, der aus Büchern malen gelernt habe. Aus allem machte sie einen Wettbewerb. Sie wollte besser sein als ich, schnauzte mich an, war eifersüchtig und besitzergreifend. Indem sie mich kleinmachte, konnte sie mich besser kontrollieren. Mit anderen Frauen zu sprechen – geschweige denn sie zu porträtieren – war mir verboten. In einer Galerie auszustellen, war zu dieser Zeit undenkbar.
Die Feierabende habe ich oft in meinem Atelier verbracht, wo ich im Stillen malen konnte. Meine Frau hat sich währenddessen mit anderen Männern getroffen, doch das habe ich erst viele Jahre später durch einen Zufall erfahren. Ich verwechselte mein schwarzes Tagebuch mit ihrem. Darin stand, wann, wo und wie alles angefangen hatte. Meine Freunde hatten mehrmals erwähnt, sie mit anderen Männern gesehen zu haben. Ich habe sie verteidigt, doch sie hat mich belogen und betrogen. Ich fühlte mich unnütz, leer und fiel in eine Depression. Nach zwölf Ehejahren liessen wir uns scheiden.

Zurückblickend ist es ein Segen, dass alles diesen Lauf genommen hat. Ich habe begonnen, Gedichte zu schreiben, ich kritzelte, zeichnete und malte. Endlich fokussierte ich mich auf mein künstlerisches Tun und liess meinen Gefühlen freien Lauf. Langsam realisierte ich, dass ich mich während all der Jahre in einer Sackgasse befunden hatte. Und je freier ich mich fühlte, desto besser wurden meine Werke.
Seit fünf Jahren nun lebe ich von der Kunst. Meine Gemälde verkaufe ich an der Strandpromenade und in diversen Galerien. Ich verdiene kein Vermögen, doch ich fühle mich sorglos und frei. Ich lebe mein Künstlerleben, ohne jemandem Rechenschaft ablegen zu müssen.

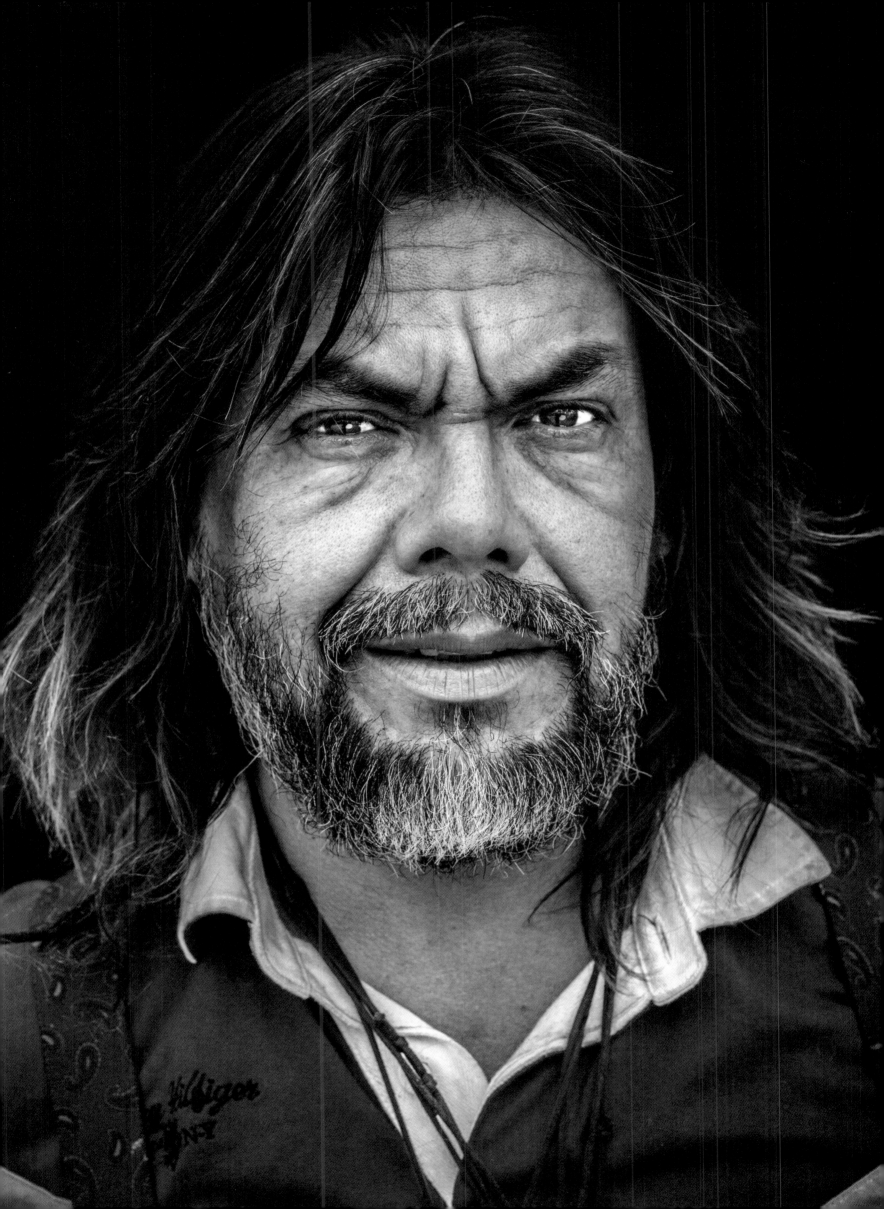

KURT, 50
20. FEBRUAR 2015, ZÜRICH

Man soll auf Dinge Einfluss nehmen, die man ändern kann. Alles andere muss man annehmen, man muss damit leben.

So gut Menschen sein können, so böse können sie werden. Wer eine gewalttätige Kindheit erlebt hat, hat manchmal eine Veranlagung zum Bösen. Man wird Nachahmer, oder man versucht, das Gegenteil zu bewirken. Ich war das jüngste von vier Kindern. Manchmal verpasste mir meine Mutter Ohrfeigen, oder sie sperrte mich ein. Mein älterer Bruder dagegen wurde bevorzugt und verschont. Mit meinen kindlichen Augen sah ich darin eine grosse Ungerechtigkeit. Auch heute reagiere ich sehr sensibel, wenn ich sehe, was Unschuldigen angetan wird. Ich will etwas bewirken.

1984 fing ich an, aus Krisengebieten zu berichten, um auf Missstände aufmerksam zu machen. Afghanistan, Libyen, Irak oder Syrien. Wo Krieg herrscht, war und bin auch ich. Es braucht viel Mut und Vertrauen. Im Kriegsjournalismus riskiere ich, vor Gericht zu kommen, in die Hände von Terroristen zu fallen, entführt, gefoltert oder umgebracht zu werden. Ich bin alleinerziehender Vater, trotzdem gehe ich das Risiko ein. Würde jeder nur an sich und seine Kinder denken, wäre dann Hitler jemals besiegt worden?
Am meisten Angst habe ich zu Hause, wenn ich mich auf den nächsten Einsatz vorbereite und der Abschied von meinen Kindern naht. Angst vor dem Unbekannten. Ungewissheit, was passieren wird.
Die Tage in den Krisengebieten sind trostlos. Die meiste Zeit wartet man, oft tagelang, bei jeder Witterung. Es braucht unheimlich viel Geduld. An den einen Tag erinnere ich mich, als wär's gestern passiert: Ein syrisches Flugzeug kreiste über Aleppo. Ich filmte und ging weiter. Zwei Minuten später fielen Bomben an die Stelle, an der ich eben noch gestanden hatte. Hundertfünfzig Meter davon entfernt sprang ich in Sicherheit. Ich hatte grosses Glück.
Angst kann ein guter Motor sein. Man kann unheimlich schnell rennen. Man kann Rekorde brechen. Doch Angst ist ein schlechter Ratgeber. Ich versuche, optimistisch zu sein. Warum soll gerade mir in diesem Moment etwas zustossen? Ohne diese Naivität würde ich nicht funktionieren.

Nach meinen Kriegseinsätzen verfolgen mich oft schlimme Albträume. Die Horrorvorstellung ist, in die Hände von Terroristen zu fallen, die krankhaft quälen wollen. Die es befriedigt, Macht auszuüben, zu foltern und die Angst in den Augen der Opfer zu sehen. Die ihre Religion missbrauchen, sie als Rechtfertigung für ihren Sadismus verwenden. Wöchentlich terrorisieren sie mit Schauhinrichtungen, köpfen und verbrennen die Gefolterten. Grausamkeiten, jenseits aller Vorstellungskraft.
Es kann vorkommen, dass ich mehrere Wochen lang nicht mich selbst bin. Ich arbeite von zu Hause aus und sehe in diesen Tagen niemanden ausser meinen zwei Buben. Das kann recht einsam sein. Doch meine Kinder lenken mich ab. Sie möchten nach draussen, müssen essen und wollen mir nahe sein. Sie sind ein wichtiger Halt für mich. Mir nahe zu sein, fällt sonst den meisten Menschen schwer. Ihre Angst ist zu gross. Oft hilft mir auch der Austausch mit meinen Dolmetschern oder anderen Kriegsreportern, das Erlebte zu verarbeiten.

Was mich am meisten geprägt hat, war, zu sehen, wie die Menschen mit dem Krieg umgehen. Zu sehen, wie sie sich der schrecklichen Situation anpassen und sich mit Galgenhumor nicht unterkriegen lassen. Wie die Kinder die Kriegspause nutzen, um draussen zu spielen. Mit Rollerblades durch die mit Splittern und Schutt bedeckten Strassen zu fahren. Die Zerstörung ist gravierend, doch die Menschen leben weiter.
Zurück in der Schweiz, habe ich meine Musik, meine zwei Jungs und mein Bett. Die Ruhe im Paradies. Freiheit, Vertrautheit und Toleranz. Unser Staat funktioniert. Wir müssen uns nicht fürchten, frei auf der Strasse herumzulaufen. Nicht scheuen, unsere Meinung zu äussern. Wir haben fliessendes, warmes Wasser und ein Dach über dem Kopf. Wenn ich auch nur ein paar Menschen bewegen kann, ihren Blick aufs Wesentliche zu schärfen, Dankbarkeit und Freude an dem zu empfinden, was wir hier haben, bin ich überglücklich.

TESSI, 64

5. OKTOBER 2016, BEAU VALLON, SEYCHELLEN

Als meine Schwester an Leukämie starb, war ich dreissig Jahre alt und schwanger mit meinem vierten Kind. Sie hinterliess fünf Kinder und ihren Ehemann. Auf einen Schlag musste ich mich um zwei Haushalte, zwei Männer und neun Kinder kümmern. Nebenbei war ich in einem Hotel tätig. Am späten Nachmittag kam ich jeweils heim, um zu kochen und den Haushalt zu machen. Zwei Stunden später musste ich zurück ins Hotel und bis spät in die Nacht weiterarbeiten.

Kurz nach dem Tod meiner Schwester starb auch mein Vater. Zudem wurde meine Mutter krank. Sie hatte Diabetes und starkes Asthma, alle vier Stunden musste sie eine Atemmaske aufsetzen. Irgendwann entschied sie sich, nur noch im Bett zu bleiben. Sie wollte nicht allein sein, und sie wusste, ich würde mich um sie kümmern.
So musste ich, wenn ich nicht gerade arbeitete, für sie da sein. Ich habe sie gewaschen, ihr das Frühstück ans Bett gebracht, Tee gemacht, gekocht, sie unterhalten und manchmal sogar neben ihr geschlafen, wenn sie auch nachts nicht allein sein wollte. Ich war ihre Krankenpflegerin – ein Fulltime-Job. Doch da waren ja noch die neun Kinder und die Arbeit im Hotel, die ich brauchte, um genügend Geld nach Hause zu bringen. Eine halbe Tonne Reis reichte für knapp zwei Monate. Mein Mann half mir hin und wieder mit der Wäsche, dabei blieb es aber auch schon. Er war Alkoholiker und vergriff sich des Öfteren im Ton. Seine Alkoholsucht trieb ihn letztlich in den Tod.
Am liebsten hätte ich alles hingeschmissen. Ich fühlte mich alleingelassen, war innerlich taub und funktionierte einfach irgendwie. Um eine langfristige Lösung zu finden, hatte ich keine Zeit. Ich wäre gern wenigstens mal an einem Wochenende tanzen gegangen, doch ich musste bei meiner Mutter bleiben.
Vor acht Jahren ist sie gestorben. An diesen Moment erinnere ich mich noch genau: Ich sass da und dachte: «Meine Güte, all die Jahre habe ich für sie gesorgt...» Ganz ehrlich: Es war eine Erleichterung. Ich hatte einfach genug. Meine Mutter hat mir die wichtigste Zeit meines Lebens geraubt. Sechsundzwanzig Jahre lang habe ich mich um sie gekümmert. Ich konnte nie ausgehen, nie etwas geniessen. Ich habe es verpasst, Spass zu haben. Ich hatte nie Zeit für mich, nur Arbeit und eine zu grosse Verantwortung, die mich körperlich mehr und mehr kaputt machte.

Heute könnte ich endlich mein Leben geniessen. Doch das Traurige ist: Ich habe niemanden mehr, der mit mir ausgehen und tanzen möchte. Meine Kinder und Neffen führen inzwischen ihr eigenes Leben. Sie besuchen mich nur sehr selten. All die Jahre habe ich damit verbracht, mich um andere zu kümmern. Es scheint, als hätte ich vergessen, zu lernen, mich um mich selbst zu kümmern. Und doch: Ich bin zufrieden. Nun bin ich selbständig, vermiete ein paar Ferienwohnungen und kümmere mich um die Gäste. Das motiviert mich. Wenn ich abends nach Hause komme, koche ich für mich selbst und geniesse die Ruhe.

DINA, 26
5. FEBRUAR 2015, ZÜRICH

Ich brauchte jemanden, der für mich da war, wenn es mir schlecht ging. Jemanden, auf den ich zählen konnte. Ich brauchte einen Freund – und fand die Droge. Sie tat mir gut. Sie war da. Jederzeit. Zugleich wurde sie mein fiesester Feind. Sie veränderte mein Leben – von null auf hundert und von hundert wieder auf null.

Meine Mutter war alleinerziehend, zu meinem Vater hatte ich keinen Kontakt. Keine Kindheit, wie man sie sich wünscht. Die Beziehung zu meiner Mutter war schwierig: Ich bekam weder Liebe noch Zuneigung oder Wärme. Nur Geld. Geld für meine Rechnungen, Geld für meine Schulden. Im Leben meiner Eltern gab es keinen Platz für mich.
Ich war kein einfaches Kind. So hat mich meine Mutter im Alter von zwölf Jahren ins Heim abgeschoben. Dort hatte ich keine Freunde, auch keine Ansprechperson. Ich wurde gehänselt und belästigt, fühlte mich hilflos und alleingelassen. Fünf verlorene Jahre.
Mit siebzehn verfiel ich der Droge. Sie machte einen anderen Menschen aus mir. Aggressivität und Gewalt gehörten von da an zu meinem Leben. Um an Stoff zu kommen, hätte ich fast alles getan. Totaler Kontrollverlust.
Meiner Mutter wurde alles zu viel. Sie wanderte nach Spanien aus und liess mich zurück. Allein und krank, brach ich zusammen. Im Spital pumpten sie mir den Magen aus und entfernten eine Vene, die schwarz und total verätzt vom vielen Heroinspritzen war. Aber ich lebte, das war die Hauptsache. Ein Jahr wohnte ich in einer Entzugsklinik mit anderen Junkies. Ja, Junkies. Ein hartes Wort. «Niemand hier drin wird durchkommen», prophezeite mir mein Psychologe. Er glaubte nicht an uns, hatte uns aufgegeben. Doch ich wollte «die Eine» sein. Die Person, die beweist, dass wir es schaffen können. Eine Zeit lang war ich über den Berg. Dann wieder der Absturz – immer wieder verfiel ich dieser hartnäckigen Droge.

Seit drei Jahren habe ich eine feste Partnerin. Sie sah mich leiden, zittern, verzweifeln. Doch ihre Liebe liess mich nicht im Stich. Sie war da für mich, trotz der täglichen Angst, mich an die Droge zu verlieren.
Ich will leben, will diese tödliche Sucht besiegen. Ob ich für immer clean bleiben werde? Ich kann es nicht sagen. Was ich jedoch mit Stolz sagen kann: Ich habe gekämpft, und ich kämpfe weiter! Ich bin überzeugt, dass es jeder, der es wirklich möchte, schaffen kann – auch der Schwächste. Meine Schwäche hat mich stark gemacht.

LUTZ, 67
26. FEBRUAR 2014, BERLIN

Es war Ende der sechziger Jahre, ich war neunzehn. Die Sozialistische Einheitspartei Deutschlands, die SED, pflasterte damals ganz Berlin mit Propagandaplakaten zu. Im Widerstand gegen ihre Herrschaft und ihren allgegenwärtigen Überwachungsapparat habe ich die Plakate abgerissen – und wurde prompt von Mitarbeitern der Staatssicherheit erwischt. Zwanzig Monate Haft wegen «Volksverleumdung». So kam ich ins Stasi-Gefängnis.

Doch vielleicht muss ich zuerst erzählen, was vorher war: Ich habe eine Ausbildung zum Damenschneider absolviert, zusammen mit über zweihundert Mädchen. Ich war der Hahn im Korb. Dementsprechend hatte ich eine grosse Klappe und war Wortführer bei politischen Diskussionen. Meine Meinung gegen die SED habe ich aktiv vertreten, denn ich brannte für die Politik. Damals ahnte ich nicht, dass mir dies zum Verhängnis werden würde. Denn mein Lehrer führte ein Protokoll, das schliesslich bei der Staatssicherheit landete.

Da sass ich nun in der Untersuchungshaft in Hohenschönhausen und wurde vernommen. Sechs Wochen lang. Es war Psychoterror. Schnell merkte ich, dass es nicht nur um abgerissene Plakate ging. Vielmehr standen meine politischen Aussagen, die ich in der Schule geäussert hatte, im Vordergrund.

Bei der Einlieferung in die Untersuchungshaftanstalt durfte ich meine persönliche Kleidung anbehalten. Das schien im ersten Moment beruhigend. Erst später erkannte ich die Schikane dahinter: Gewaschen wurden nur Unterwäsche und Häftlingskleidung. Meine persönliche Kleidung blieb schmutzig. Zwanzig Monate lang.

Ich wurde in Einzelhaft isoliert, einquartiert im dritten Stock. Die Zelle war dunkel und klein, die Einrichtung rudimentär: eine schmale Liege, ein Schemel und eine Toilette. Waschbecken gab es keines. Eine Schüssel Wasser pro Tag musste reichen.

Ein Tag begann um sechs und endete um zehn Uhr nachts. Dazwischen gab es endlos viel Zeit, die nicht vergehen wollte. Sich hinzulegen, war verboten, ich durfte nur sitzen oder stehen. Schikane, Schlafentzug, Demütigung. Die schlimmste Folter aber war die Ruhe. Der Korridor vor den Zellen war mit Teppichen belegt, Geräusche wurden absorbiert. Keine Schritte, nichts war zu hören. Ich war völlig abgekoppelt von der Aussenwelt. Der einzige Kontakt war die kommentarlose Abgabe der Mahlzeiten. Und irgendwann die Verständigung mit anderen Gefangenen über Klopfzeichen. Ob ein Gefangener oder ein Stasi-Mann antwortete, wusste ich jedoch nie.

Meine Emotionen habe ich verdrängt, um mit der Situation in der Zelle klarzukommen. Nach drei Monaten durfte mir mein Vater Geld schicken. Ich kaufte mir Süssigkeiten, Obst oder Zigaretten. Mit den gebrauchten Streichhölzern habe ich Türme gebaut. Um nicht wahnsinnig zu werden, versuchte ich, meine Tage irgendwie zu strukturieren. Etwas einfacher wurde es mit der Erlaubnis, Bücher zu lesen. Ich habe fünf pro Woche verschlungen, zweihundert insgesamt.

Diese zwanzig Monate haben mich aus meinem alten Leben gerissen. Als ich entlassen wurde, war ich total desinformiert. Ich musste mir eine neue Meinung zur DDR bilden und mich umorientieren. Ich hatte kein Abi, keinen Lehrabschluss, nichts. Ich musste alles wiederholen und von vorne anfangen. Vieles wurde mir durch die Haftstrafe verunmöglicht. Beispielsweise hätte ich niemals Arzt oder Lehrer werden können.

Heute merke ich, dass die Haft einschneidender war, als ich immer behauptet habe. Ich habe vieles unterdrückt und verdrängt, um mich selbst zu schützen. Ich wollte nie mehr zurück an diesen Ort, aus Angst vor den angestauten Emotionen. 2009 habe ich mich dann entschieden, mich meiner Vergangenheit zu stellen, und habe anonym an einer Führung durch die Gedenkstätte in Hohenschönhausen teilgenommen. Heute arbeite ich dort, biete selbst solche Führungen an. Ich erzähle von meinen Erlebnissen und rede mir den Schmerz von meiner Seele. Es ist eine Art Therapie für mich.

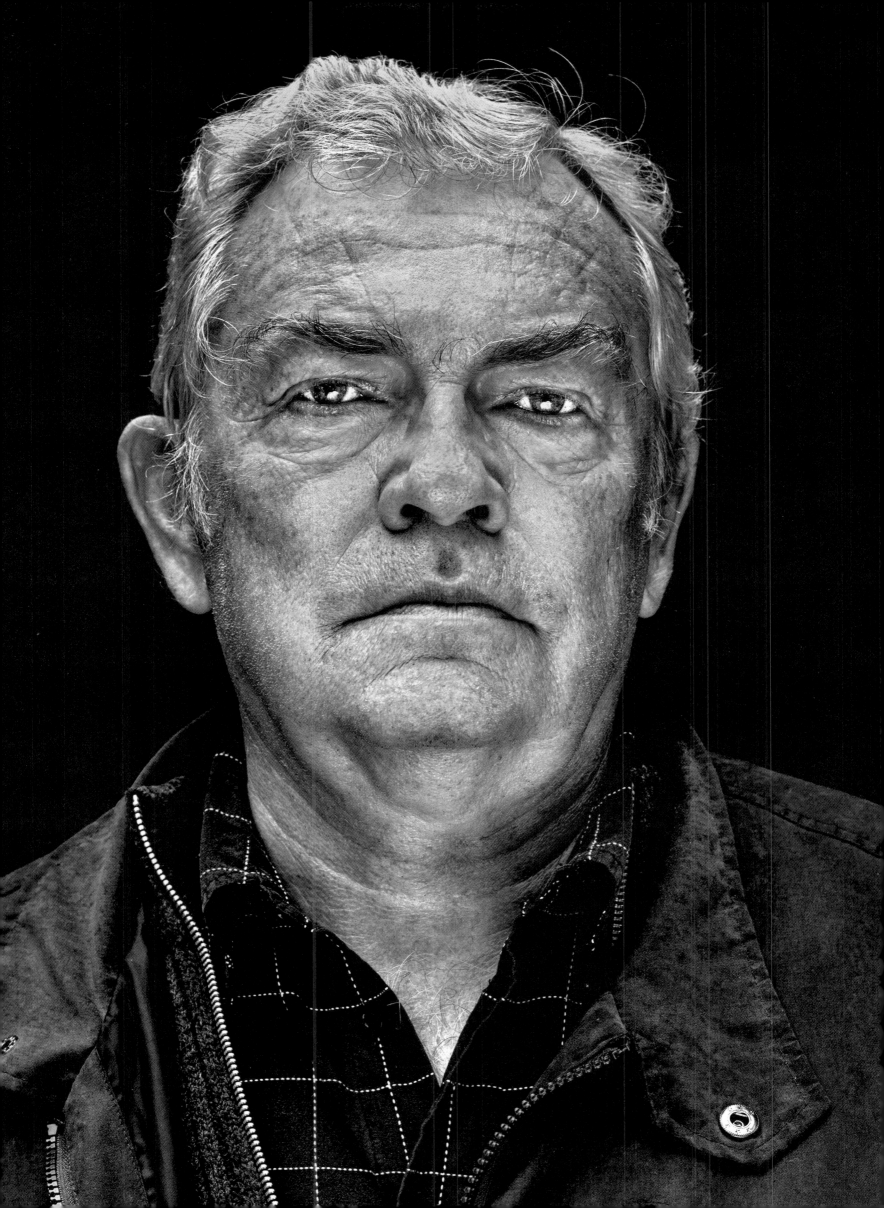

RETO, 41

Nicht selten werden mir auf der Strasse verwunderte oder abschätzige Blicke zugeworfen. Vermutlich wegen meiner Leidenschaft für Körperkunst. Fast mein ganzer Körper ist mit Tattoos oder Piercings bedeckt. Gegen aussen wirke ich vielleicht hart und einschüchternd, doch nur weil ich optisch nicht der Norm entspreche, bedeutet das nicht, dass ich kein guter Mensch bin.

Ich habe einen weichen Kern. Ich bin positiv, freundlich und hilfsbereit. Mich beeindrucken Schicksale anderer. Die Kraft, die Menschen in den unvorstellbarsten Situationen aufbringen können, fasziniert mich. Die positive Art und der Kampfgeist, den sie nicht verlieren, Tag für Tag.

In meinem Leben hatte ich fast nur schöne Momente. Den einzigen Schicksalsschlag erlebte ich mit sieben, als mein Vater völlig unerwartet starb. Das war ein Schock, ich war zu jung, um diesen Verlust zu verstehen und zu akzeptieren. Doch als Familie hielten wir zusammen. Die Stärke meiner Mutter und der Grosseltern lehrte mich, nach vorne zu schauen. Sie versuchten aus jeder Situation etwas Positives zu ziehen. Die Zeit zurückzudrehen, ist jedoch unmöglich.

Nach ein paar Jahren lernte meine Mutter ihren heutigen Partner kennen. Er wurde meine männliche Bezugsperson, eine Vaterfigur. Der Familienkreis schloss sich wieder. Ich erfuhr viel Liebe und Geborgenheit. Liebe, die ich in mir trage und die mich schützt, wenn irgendwann wieder etwas passiert.

Ich bin weit gereist, früher mit meiner Familie und später oft alleine. Die verschiedenen Kulturen und die unterschiedlichsten Menschen haben meine Sichtweise auf das Leben geprägt und mich immer wieder auf den Boden zurückgebracht. Ich erlebte Menschen in grosser Armut mit einer Lebensfreude und Grosszügigkeit, die man in der Schweiz nur selten findet. Menschen, die fast nichts haben, geben ihr letztes Hemd. Das fasziniert mich.

Ich lebe in einer Konsumgesellschaft, einer heilen Welt. Und doch wird hier im Überfluss nur gespart. Die Reichen werden immer reicher und die Armen immer ärmer. Ich wünsche mir mehr Ausgeglichenheit und Akzeptanz. Mehr Menschen, die geben und nicht nur nehmen. Die genauer hinschauen und aufeinander zugehen.

Manchmal ist es schwierig, abzuschätzen, wer tatsächlich Hilfe braucht. Auf der Strasse etwa, wenn man nach Kleingeld gefragt wird. Letztlich hat man keinen Einfluss auf das, was wirklich damit passiert. Hauptsache, man versucht zu helfen. Oft braucht es auch gar nicht viel. Bereits kleine Gesten können eine grosse Wirkung haben. Beachtung oder ein Lächeln zu schenken, ist häufig wertvoller als jeder Reichtum.

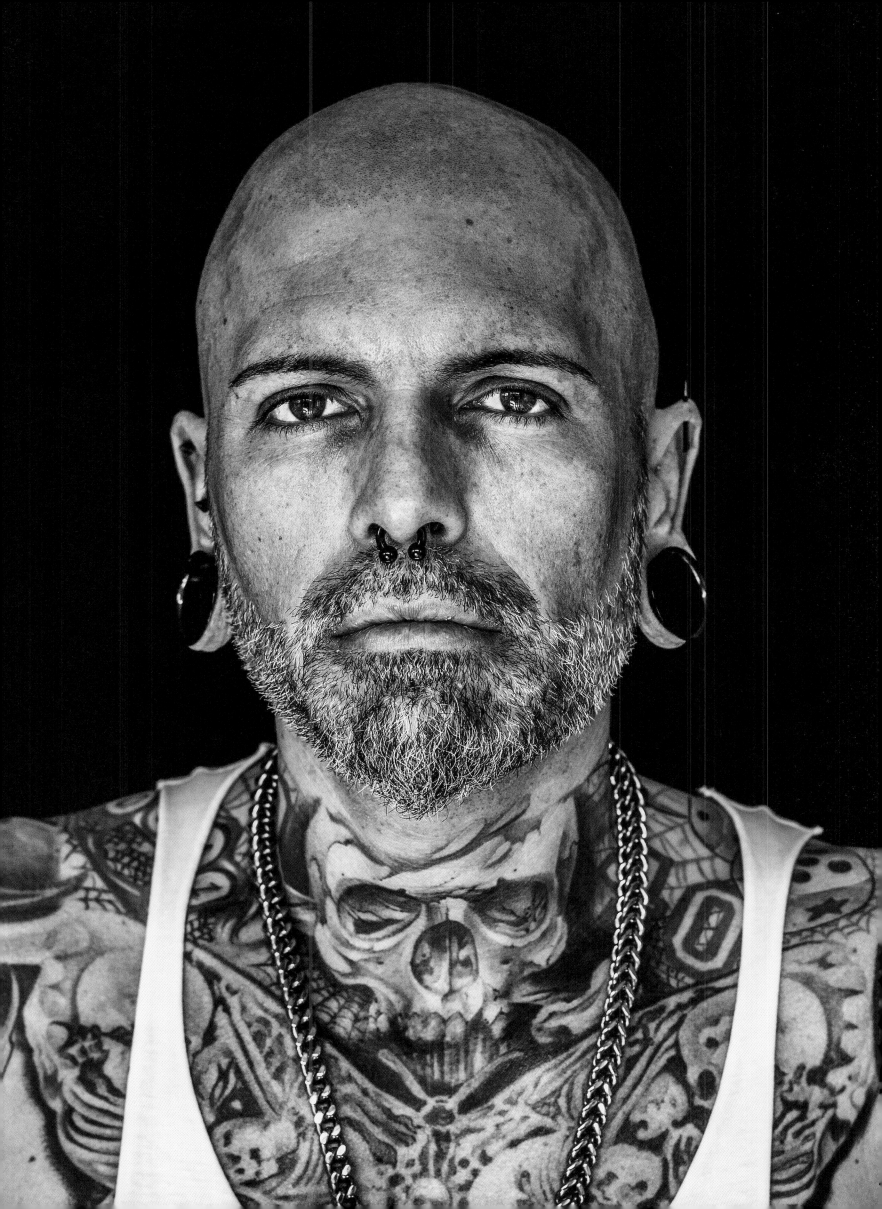

CÉCILIA, 65

16. OKTOBER 2015, SKID ROW, LOS ANGELES

Ich hatte ein kleines Haus geerbt, etwas ausserhalb der Stadt. Meine Eltern sind früh gestorben. Mann und Kinder hatte ich keine. Ich arbeitete damals an einer Schule und gab Sprachkurse in Englisch. Doch eines Tages wurde meine Stelle wegen Sparmassnahmen gestrichen. Um meinen Lebensunterhalt finanzieren zu können, begann ich, Zimmer zu vermieten. Schliesslich brauchte ich nicht das ganze Haus für mich alleine. Viele Fremde kamen und gingen, darunter viele gute Menschen. Einige blieben nur wenige Wochen, andere bis zu einem Jahr. Gäste zu empfangen und ihnen ein Dach über dem Kopf zu bieten, machte mir Freude.

Eines Tages zogen zwei unscheinbare, ruhige Männer bei mir ein. Sie machten einen guten Eindruck und wollten mich monatlich bezahlen. Die ersten zwei Monate habe ich sie kaum gesehen, wusste nie, ob sie überhaupt im Haus waren. Mit der Zeit sah ich sie öfters. Manchmal waren wir zur selben Zeit in der Küche, ab und zu haben wir auch miteinander gegessen. Viel gesprochen haben wir jedoch nie. Dann machten sie auf einmal negative Bemerkungen, erst vereinzelt, dann immer häufiger. Sie wurden immer beleidigender. Irgendwann fühlte ich mich in meinem eigenen Haus nicht mehr wohl, und ich wollte ihren Mietvertrag kündigen. Total unerwartet begannen sie, mich anzuschreien, auf mich einzuschlagen und mir mit dem Tod zu drohen, sollte ich sie aus dem Haus werfen. Ab diesem Zeitpunkt galten ihre Regeln. Ich durfte mich nicht mehr frei bewegen und die Küche betreten, wenn sie im Haus waren. Sie würden mich umbringen, wenn ich zur Polizei ginge. Die Monatsmiete bezahlten sie nicht mehr. Ich fühlte mich hilflos und wusste nicht, was ich unternehmen sollte, versuchte

ihnen, so gut es ging, aus dem Weg zu gehen. Mein Zuhause beschränkte sich auf mein Zimmer. Und immer, wenn ich dieses verlassen wollte, lauschte ich, ob sie anwesend waren. Manchmal wartete ich Stunden, bis ich mich aus meinem Zimmer getraute.

Eines Tages war ich unachtsam und lief ihnen direkt in die Arme. Schnell machte ich einen Schritt zurück in mein Zimmer. Doch sie stellten sich vor mich in den Türrahmen, versperrten den Fluchtweg und verlangten Geld von mir. Ich versuchte mich zu wehren. Der eine schlug mir ins Gesicht, der andere riss mich an den Haaren in mein Zimmer und warf mich auf mein Bett. Dann vergewaltigten sie mich. Innerhalb einer Minute brach meine Welt komplett zusammen. In tausend Stücke. Ich wollte wegrennen, doch sie hielten mich fest. Dann brachten sie mich in einen Park, sagten, sie würden mich töten. In Todesangst flehte ich darum, mich am Leben zu lassen. Plötzlich wurden wir von Spaziergängern überrascht. In diesem Moment gelang mir die Flucht. Hinter mir hörte ich noch ihre Stimmen: «Wir werden dich finden, egal wo du bist!»

Ich bin gerannt, ohne zu wissen wohin. Ich hatte nichts bei mir, doch nach Hause konnte ich nicht mehr. Ich hatte unglaubliche Angst und getraute mich nicht, zur Polizei zu gehen. Die beiden waren gefährlich und unberechenbar. Sie hätten die Geschichte zu ihren Gunsten gedreht oder hätten jemanden geschickt, um mich zu töten. So habe ich mich entschieden, meine Geschichte für mich zu behalten. Seitdem lebe ich auf der Strasse. Ich wollte keine neue Wohnung, denn so hätten sie mich ausfindig machen können. Überall hätten sie mich finden können. Wo ich jetzt bin, werden sie mich nicht suchen. Hier bin ich anonym.

JACK, 60

8. JUNI 2017, MANHATTAN, NEW YORK

Es war ein schöner Tag, strahlend blauer Himmel. Wie immer hat mein Wecker um Viertel vor sechs geklingelt. Ich habe einen Kaffee getrunken und bin ins Büro gefahren. Es war kurz vor neun, als der Notruf bei uns einging, dass ein Flugzeug in den Nordturm des World Trade Centers geflogen sei. Zuerst dachten wir an einen Unfall, doch schnell stellte sich heraus: Es war ein Terrorakt.

Ich war der Einsatzleiter des Rettungsdienstes in Manhattan und musste die Einsätze von vierhundert Mitarbeitern koordinieren. Als ich mit meinem Team beim World Trade Center eintraf, krachte ein weiteres Flugzeug in den Südturm. Ein unvorstellbares Chaos. Die obersten Etagen des WTC brannten, die Notausgänge waren zerstört oder verschlossen. Menschen sprangen aus den Türmen, hinunter in den sicheren Tod. Manche hielten sich dabei an den Händen, bildeten Kreise, einige hatten bereits Feuer gefangen. Ich versuchte, dieses Horrorszenario zu erfassen, um entscheiden zu können, wie wir vorgehen sollten. Durch den Schutt kämpften wir uns in Richtung Südturm und wichen dabei den herunterfallenden Menschen und den unzähligen Körperteilen auf der Strasse aus.
Als wir uns dem Eingang des Südturms näherten, begann das Gebäude einzustürzen. «Lauft um euer Leben!» Schutt, Beton, Metall: Alles krachte herunter. Ich rannte, so schnell ich konnte. Eine riesige Klimaanlage knallte vor mir auf den Boden. Ich wich aus, stürmte weiter. Neben mir wurde eine junge Frau durch ein herunterfliegendes Metallstück enthauptet. Ich schaute nicht einmal zurück. Die Druckwelle nach dem Zusammenbruch schleuderte mich dreissig Meter durch die Luft. Dann wurde ich unter dem Schutt begraben. Mit dem Gesicht nach unten lag ich da und dachte an meinen ältesten Sohn, dessen Flug um neun Uhr am JFK hätte landen sollen. Ich versuchte zu atmen, doch mein Kopf war im Betonstaub vergraben. Als ich mich endlich befreien konnte, erbrach ich Staub. Ich begann, mit einem meiner Männer das Gelände nach weiteren Kollegen abzusuchen. Weit kamen wir nicht, denn kurz darauf stürzte auch der Nordturm ein. Wir flohen in den Eingangsbereich einer Bank und standen uns im Türrahmen gegenüber. Die Decke und Lichter knallten zu Boden. Eine grosse schwarze Wolke drang in die Bank.

Sieben Stunden lang galt ich als vermisst, bis ich melden konnte, dass ich am Leben war. Und ich erfuhr, dass mein Sohn mit dem letzten Flug in New York gelandet war.

11. September 2001. An diesem Tag verlor ich sechsundfünfzig Freunde. Welches Ausmass das Geschehene wirklich hatte, begriff ich erst zwei Wochen später, da betrachtete ich zum ersten Mal die Bilder im Fernsehen. Davor war ich taub und hatte eine Art Automatismus in mir drin. Ich funktionierte irgendwie. Was ich nun sah, wirkte surreal.
Die folgenden acht Monate verbrachte ich in den Trümmern am Ground Zero. Ich leitete und koordinierte die Einsätze meiner Einheit mit der lokalen Feuerwehr, den Polizeidienststellen und anderen Notfallteams. Ich barg Leichen und sortierte Körperteile. Zwischendurch wurde ich ins Bestattungsinstitut gerufen, um Teamkollegen zu identifizieren, und zu Galadinners eingeladen, um mit Tapferkeitsmedaillen ausgezeichnet zu werden. Es war paradox, aber wohl die Art, unsere Arbeit zu würdigen.
Die Menschen nannten mich einen Helden. Von überall her erhielt ich Briefe und Geschenke, meine Veranda war bedeckt mit Blumen. Diese Dankbarkeit traf mich mitten ins Herz. Meine Emotionen jedoch musste ich unterdrücken, um den Menschen und meinem Team Kraft und Mut zuzusprechen. Das war mein Job. Mein eigenes Trauma hatte ich zu lange unterdrückt, darüber zu sprechen fällt mir auch heute noch schwer.

Jeden Tag schlucke ich dreizehn verschiedene Medikamente. Meine Nebenhölen sind ausgebrannt, und meine Schulter ist kaputt. Zweimal im Monat muss ich zum Arzt, um meine Lunge zu prüfen, die noch immer voller Schuttteile ist. Die Nächte sind kaum auszuhalten, ich schlafe maximal drei Stunden und leide unter Albträumen und Flashbacks. Ich sehe, wie Menschen aus den Gebäuden springen, wie ich Körperteile sortiere oder wie ich lebendig unter dem Schutt begraben werde.
Egal was ich tue oder wohin ich gehe, die Hölle geht mit mir. Ich laufe jeden Tag mit einem Lächeln herum, aber innerlich bin ich voller Schmerz. Und dennoch versuche ich, mein Leben zu geniessen, denn ich gehöre zu den Überlebenden.

PEGGY, 27

Armut heisst, kein Geld für Essen zu haben, keinen Strom und kein fliessendes Wasser. Doch Armut bedeutet auch, keinen wohlbehüteten Ort zu haben, den man Zuhause nennen kann. Für mich bedeutet sie, dass es mir nicht möglich ist, ein normales Leben zu führen.

Ich bin in Tzaneen, einer Stadt im Nordosten Südafrikas, in armen Verhältnissen aufgewachsen. Meine Eltern liessen sich scheiden, als ich fünfzehn war. Ab diesem Zeitpunkt waren meine Mutter, meine zwei jüngeren Schwestern und ich auf uns alleine gestellt. Zuerst zahlte mein Vater uns dreihundert Rand [das sind knappe zweiundzwanzig Schweizer Franken] pro Monat für den Unterhalt, doch bald schon war er zahlungsunfähig. Uns blieb nur ein kleines Haus.
Meine Mutter war arbeitslos. Sie hatte weder Geld für Essen noch für meine Lehrbücher, geschweige denn für Schuhe für den langen Schulweg. Manchmal mussten wir unsere Verwandten um deren Essensreste bitten. In der Schule teilten meine Freunde ihr Essen mit mir. Sie waren anders als ich; schön gekleidet und hatten genug Geld, um Ausflüge zu machen. Ich wünschte mir, so zu sein wie sie. Oft fragte ich mich, wieso meine Mutter mich nicht einfach zur Adoption freigegeben hatte, damit ich in besseren Verhältnissen hätte aufwachsen können.
Mit sechzehn schloss ich die Schule ab und wollte so schnell wie möglich weg von meinem Elternhaus. Ich habe meine Sachen gepackt und bin nach Kapstadt gereist – in der Hoffnung auf einen Job, eine schöne Wohnung und ein besseres Leben. Gelandet bin ich in einem Township. Noch heute schockieren mich diese Siedlungen: Hier herrscht grosses Chaos. Die Kriminalitätsrate ist sehr hoch, Leute werden umgebracht. Viele Menschen müssen hungern und sind krank. Die Wellblechhütten sind so dicht aneinandergebaut, dass sie weder Freiraum ermöglichen noch Privatsphäre zulassen. Ich habe zwar ein Bett, Licht und Wasser, doch dieser Ort fühlt sich nicht an wie ein Zuhause. An diese Umgebung werde ich mich nie gewöhnen können.

Durch diese Erfahrung jedoch habe ich begriffen, dass mein Leben, wie es zuvor war, im Grunde genommen genügt hat. Wir hatten kein Geld, dafür aber ein richtiges Zuhause. Ich besass nichts, und doch war ich immer gesund. Ich habe gelernt, über den Tellerrand zu blicken. Ich besitze auch heute noch wenig, doch beeinflusst es mich nicht mehr so stark. Ich wache morgens auf und bin dankbar, gesund zu sein. Hier im Township habe ich gelernt, Dinge anders anzuschauen. Meine jetzige Situation betrachte ich als Motivation, für meine Träume zu kämpfen. Ich habe nun einen Freund und eine Tochter. Wir versuchen, ihr alles zu ermöglichen, Schulbildung und genug zu essen zum Beispiel. Und ich weiss: Wenn ich hart arbeite, kann ich alles schaffen. Mein Selbstvertrauen war am Boden, aber ich habe mich wieder aufgerafft und versuche, an meinen Erlebnissen zu wachsen. Wie ein Phönix aus der Asche.

RUTH, 85
8. OKTOBER 2017, HÄGGLINGEN, AARGAU

Ich wollte Lehrerin werden, doch mein Vater hielt das Geld für diese Ausbildung für verschwendet. «Frauen heiraten und gehören ins Haus», war seine Devise. Und über vorrätiges Geld verfügten wir nicht. Deshalb musste ich auch die vierte Bezirksschule abbrechen, um meinen Eltern auf dem Bauernhof zu helfen.

Nach einem Jahr auf dem Hof begann ich eine Lehre als Verkäuferin. Ich musste jeden Tag mit dem Fahrrad einen Berg hochstrampeln, um ins Nachbardorf zu kommen. Ich litt unter ständigen Gelenkschmerzen, und irgendwann hatte sich meine Hüfte entzündet.

Ich war siebzehn Jahre alt, als ich ins Spital gebracht wurde. Dort haben mir die Ärzte einen fünf Kilogramm schweren Stein ans linke Bein gehängt, der meine Knochen auseinanderziehen sollte. Ich durfte nur liegen. Meine Schmerzen waren so stark, dass ich bei der kleinsten Bewegung schreien musste. Schmerztabletten gab es zu dieser Zeit noch keine. Ich bekam starkes Fieber und habe die Krankenschwester mehrmals gebeten, das Heftpflaster mit den daran befestigten Gewichten zu entfernen. Ich wusste, dass etwas nicht stimmte, doch ich wurde ignoriert. Es dauerte drei Monate, bis ich endlich davon befreit wurde – zu lange. Denn auf der linken Seite der Wade hatte sich ein Loch gebildet, grösser als ein Tennisball. Der Gestank war scheusslich, mein Bein faulte vor sich hin. Meine Knochen waren bereits angefressen: Ich hatte Tuberkulose.

Tuberkulose war zu dieser Zeit mit jahrelangem Leiden verbunden, oft sogar mit dem Tod. Es gab keine Medikamente, kein Antibiotika. Liegen und Ruhen waren die einzige Therapie.
Ich kam nach Leysin, in die Spezialklinik für Tuberkulosekranke. Drei Autostunden und fast dreihundert Kilometer weit weg von zu Hause. Und wieder wurde ein fünf Kilogramm schwerer Stein an mein Bein gehängt. Ich lag auf einer zehn Zentimeter dünnen Matratze, die hart war wie Beton. Die Zimmer waren klein und einengend. Alle Fotos von damals habe ich weggeschmissen, um nicht mehr daran erinnert zu werden. Ich habe mich gefühlt wie im Gefängnis. Woche für Woche dieselben Menüs. Die meiste Zeit jedoch verbrachte ich draussen auf der Terrasse, liegend in meinem Bett. Zu dieser Zeit wurde die Knochentuberkulose nur mit Sonnenlicht behandelt. Zum stundenlangen Sonnenbaden gehörte auch die Kaltluftbehandlung, so verbrachte ich sogar einen grossen Teil der Winterzeit auf der Terrasse.
Alle vier Wochen wurde das Heftpflaster gewechselt. Dieses klebte so fest an meinem Bein, dass beim Entfernen auch Haut mit abgerissen wurde. Kaum waren die Wunden verheilt, klebten die Krankenschwestern mein Bein wieder zu. Das war damals üblich so. Zu wehren getraute ich mich nicht. Früher hat man das einfach alles akzeptiert, das lernten wir schon so von unseren Eltern.
Die Ärzte sagten mir, dass sich meine Hüfte versteifen werde und ich nie wieder normal würde gehen können. Das war ein Schock. Im Geheimen begann ich, mein Bein zu bewegen. Jeden Abend, hoch und runter. Ich wollte trainieren, um eine Versteifung zu verhindern. Dadurch wurde zwar der Heilungsprozess verlängert, doch ich war erfolgreich. Etwa dreissig Ärzte kamen von überall her, um mich vorturnen zu sehen. Meine Röntgenbilder gingen bis nach Paris an die Uni. Der Oberarzt Rollier meinte, ich sei ein Wunder, eine Sensation. Dass ich heimlich trainiert hatte, behielt ich für mich. Ich hatte ja gegen die Regeln verstossen.

Mehr als zwei Jahre lag ich im Bett, und mit zwanzig musste ich wieder lernen, auf den Beinen zu stehen – jeden Tag zwei Minuten länger. Als ich eine Stunde erreicht hatte, wagte ich die ersten Schritte, dann immer ein paar mehr, bis ich schliesslich wieder gehen konnte. Meine Eltern konnten mich während dieser ganzen Zeit nie besuchen. Sie hatten kein Geld. Immerhin schickten sie mir jeden Monat einen Brief mit einer Tafel Schokolade.
Ich verpasste einen kostbaren Teil meiner Jugend, doch aufgeben war nie eine Option gewesen. Ich war hart mit mir selbst, sagte mir immer: «Ich will und ich kann!» – alles, was man im Leben braucht, ist ein starker Wille.

JUAN, 85
5. NOVEMBER 2015, WILLOQ, PERU

Als ich dreizehn Jahre alt war, stürzte meine Mutter in den Fluss neben unserem Haus. Mein Bruder und ich versuchten sie zu retten, aber wir waren chancenlos. Die Strömung war zu stark und riss sie mit. Wir mussten zusehen, wie sie im Wasser verschwand.

Von diesem Zeitpunkt an hatte unser Vater die alleinige Verantwortung für uns. Doch er war Alkoholiker, seit ich denken konnte, und aggressiv – schon meiner Mutter gegenüber. Nach ihrem Tod gab es für Trauer keinen Platz. Wenn ich weinte, verliess er das Haus oder schlug mich, bis ich keinen Ton mehr von mir gab. Oft versteckte ich mich aus Angst vor ihm in den Feldern.
Ein Jahr später kehrte er nach einer nächtlichen Bartour nicht mehr zurück. Mein Bruder und ich schlugen uns irgendwie durch. Wir hatten unser Haus und ein paar Felder, auf denen wir Gemüse anbauen konnten. Später fand ich meine Frau. Sie zog zu mir, und wir bekamen Kinder. Drei Mädchen und vier Jungs.
Je älter ich wurde, desto mehr glich ich meinem Vater: Ich begann zu trinken und wurde ebenso aggressiv und gewalttätig. Ich rastete ob den kleinsten Dingen aus. Alles, was mein Vater mir vorgelebt hatte, gab ich meinen Kindern weiter. Eines Tages wurde mir unterstellt, einen Freund bestohlen zu haben. Es gab weder Beweise noch einen Prozess. Ich wurde unschuldig verurteilt, vor meiner Familie abgeführt und aus meinem Leben gerissen.
Neun Jahre sass ich hinter Gittern. Eine lange Zeit zum Nachdenken. Ich arbeitete meine ganze Kindheit auf und realisierte, dass meine eigenen Kinder dasselbe durchgemacht hatten wie ich. Dass ich ihnen dasselbe angetan hatte wie mein Vater mir viele Jahre zuvor und dass ich meine Frau schlecht behandelte, obwohl ich ihr versprochen hatte, sie immer zu beschützen. Warum das passiert war, konnte ich mir nicht erklären. Vielleicht steckt ein solches Verhalten in den Genen. Oder es waren diese unbändige Wut und die unterdrückten Gefühle von früher, die emporkamen. Ich weiss es nicht.
Diese Jahre im Gefängnis haben mich wachgerüttelt und verändert. Ich trank keinen Alkohol mehr und wurde friedlicher. Auch wenn ich eine lange Zeit fort war, war ich meiner Familie danach näher als je zuvor.

Nun bin ich alt, und es ist an der Zeit zu sterben. Ich hatte viele traurige Momente in meinem Leben, doch das Wichtigste ist: Ich konnte die Zeit mit meiner Familie bewusst geniessen, ihnen Liebe schenken und doch noch ein friedliches Zuhause gewähren. Dafür bin ich glücklich und dankbar.

JOSE, 44
9. NOVEMBER 2016, ORANJEZICHT, KAPSTADT

Angola 1988. Noch immer herrschte Bürgerkrieg. Ich war fünfzehn Jahre alt und wusste, was in diesem Alter passieren konnte. Ich hatte es schon oft mit ansehen müssen, bis es auch mich traf.

Es war an einem Samstagmorgen auf dem Marktplatz. Die Rebellenarmee rekrutierte Kindersoldaten. Ich versuchte zu fliehen, habe geschrien. Dann wurde ich verschleppt. Noch heute höre ich die Schreie meiner Mutter. Meine Kindheit war vorbei.
Die Soldaten brachten mich und viele andere Kinder in ein Lager. Sie drückten jedem von uns eine Kalaschnikow AK-47 in die Hand und zeigten, was fortan unsere Aufgabe sein würde. Eine Flucht war zu riskant. Kinder, die es versuchten, wurden erschossen.
Ich wurde mit Drogen aufgeputscht und manipuliert. Mir wurde eingetrichtert, dass meine Familie nicht mehr lebe. So lange, bis ich es selbst glaubte. Mit Gewalt und militärischem Drill wurde ich zu einer Tötungsmaschine getrimmt. Vor den Augen der Rebellen musste ich Menschen töten. Sobald sich etwas bewegte, musste ich schiessen, anschliessend sammelte ich die Waffen der Toten ein. Ich wurde gezwungen, Dörfer zu plündern und Gegner zu beseitigen. Ich kämpfte, um zu überleben. Morden oder sterben – ich hatte keine andere Wahl. Aus Kindern wurden Monster.
Tagelang war ich ohne Schlaf, im Rausch der Drogen, die die Gefühle betäubten. Töten. Morden. Vernichten. Terrorisieren. Foltern. Der Klang des Krieges, die abgefeuerten Schüsse, die Bomben. Der Geruch der Verwesung, die Leichen, das Blut überall: All das wurde irgendwann normal.

Sechs Jahre verbrachte ich im ständigen Drogen- und Blutrausch. Dann plötzlich hatte ich diesen Traum. Immer wieder hörte ich diese eine Stimme: «Wieso tötest du? Hör auf und geh fort!» Ich deutete den Traum als eine Nachricht Gottes – und plante trotz aller Todesgefahr meine Flucht.

Eines Nachts lief ich los Richtung Fluss, ohne Schuhe an den Füssen. Einem Soldaten, der mich bemerkte, signalisierte ich mit einer Trinkflasche in der Hand, ich müsse Wasser holen. Ausser Sichtweite rannte ich, so schnell mich meine Füsse tragen konnten. Ich rannte und rannte und schaute nicht zurück. Durch die wuchtigen Büsche in der bedrohlichen Nacht. Meine Füsse waren blutig, zerschnitten von den Sträuchern. Die Gefahr lauerte überall. Schlangen, Löwen, Landminen – und die Soldaten. Denn meine Flucht wurde bemerkt, hinter mir ertönten Schüsse. Doch als ob Gott mich leitete, brachte ich eine unglaubliche Kraft auf.
In meinem Kopf die Bilder des Krieges, vor mir die Schönheit der Freiheit. Mein Wille war unbesiegbar. Nach vier Wochen erreichte ich die Grenze zu Namibia. Unbemerkt schlich ich auf einen Laster und kam so raus aus Angola. Ich war endlich in Sicherheit.

Der Krieg ist mir noch immer gegenwärtig, ich denke jeden Tag daran zurück. Mit diesen Bildern im Kopf muss ich leben. Ich weiss nicht, wie viele Menschen ich getötet habe. Wenn ich könnte, würde ich jeden Schuss rückgängig machen. Denn alles, was ich möchte, ist Frieden. Menschen, die zusammenhalten. Ich möchte mich für andere einsetzen und Gutes bewirken. Mir selbst habe ich versprochen, nie mehr Gewalt anzuwenden oder Menschen zu verletzen.
Was ich jedoch behalten habe, ist meine Ausdauer. Auch heute noch renne ich. Doch nicht mehr davon. Ich renne, um mich am Leben und meinen Geist rein zu halten.

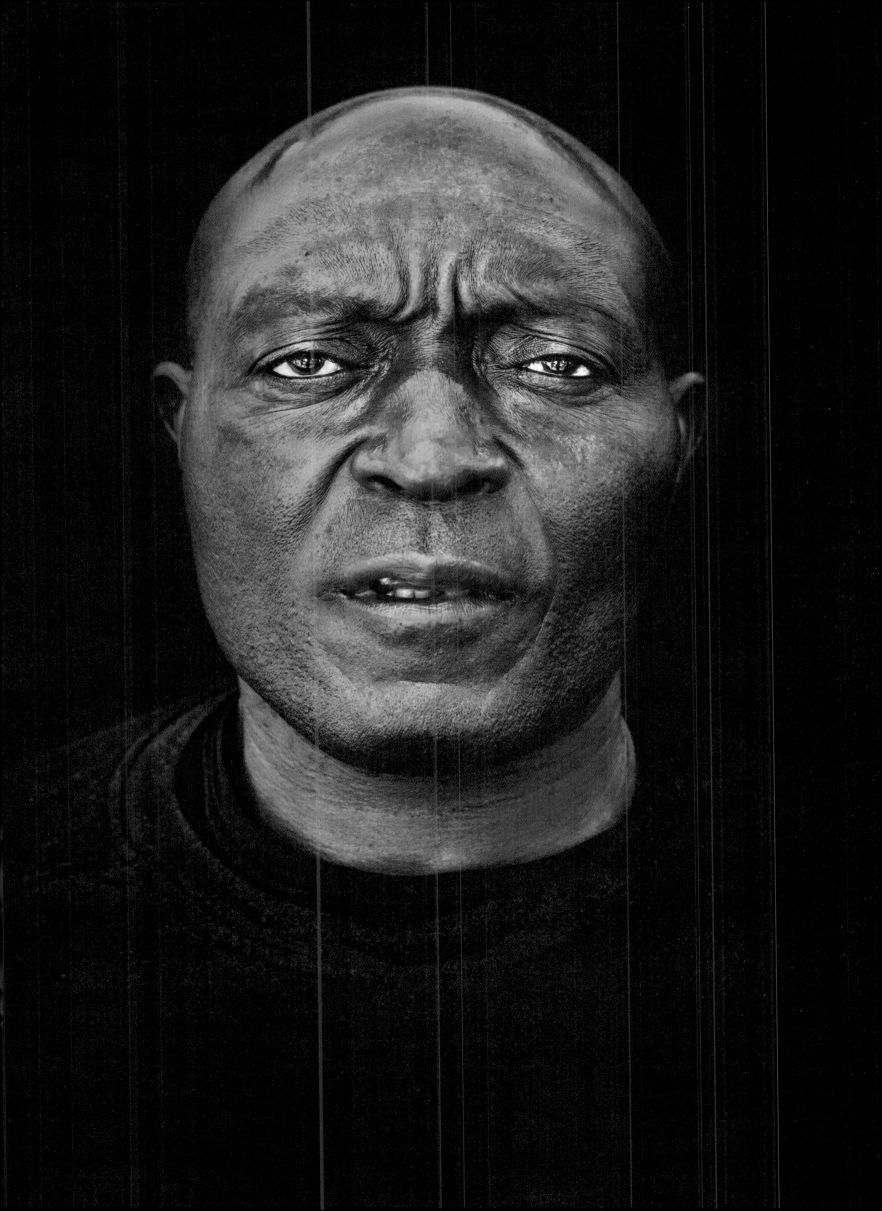

KARL, 81

23. JANUAR 2015, LUZERN

Ich war ein Verdingbub. Unbedeutend, inexistent, ein Niemand. Während der Kriegsjahre hatte das Volk Angst und die Regierung andere Sorgen. Sie schauten alle weg.

Ich kam Ende 1933 zur Welt. Unehelich geboren, als Kind einer Putzfrau. Mein Vater liess uns sitzen, und der Lohn meiner Mutter reichte nicht aus, um mich zu behalten. Sie wurde als Hure betitelt. Ich habe es einmal selbst gehört, im Flur der Vormundschaftsbehörde.

Die ersten sieben Jahre meines Lebens verbrachte ich in einem Kinderheim – bis mich ein kinderloses Bauernpaar abholte. Sie wollten mich nicht aus Liebe, sondern als Arbeitskraft. Ich wurde deren Knecht. Musste schuften bis zum Umfallen, kassierte Schläge, die ich Jahre danach noch spüren konnte.

Zwei Jahre später holte mich die Vormundschaft wieder. Ohne Vorwarnung. Diese Leute waren Amtspersonen, Studierte, Lehrer. Sie waren hinterhältig, gemein und unmenschlich. So kam ich in die Erziehungsanstalt Sonnenberg in Kriens. Abgeschottet von der Aussenwelt, isoliert vom Dorf.

Wir waren identitätslos; Zöglinge nannte man uns. Wir wurden bestraft, geschlagen, gequält und mussten hungern. Ich fühlte mich wie in einem Sklavenlager. Einmal im Monat gab es einen Cervelat und einige Butterrollen. Doch diese beanspruchten die älteren Kinder für sich. Wollten wir Jüngeren Prügel vermeiden, mussten wir alles abgeben. Manchmal gab es für den Hund einen Eimer mit in Kaffee aufgeweichtem Brot. Dann fischten wir uns einige Stücke heraus. Ein Festessen! In den Nächten schlichen wir aus unseren Zimmern, um Brot zu stehlen. Die älteren Zöglinge hätten uns mit Lederriemen gezüchtigt, wenn wir nicht gehorcht hätten. Wir lebten in ständiger Angst und Verzweiflung, viele Kinder waren Bettnässer. «Ihr verdammten Saucheiben müsst mal austrocknen!», riefen die Erzieher. So zwangen sie uns, jeweils für zwei Stunden mit der uringetränkten Matratze in den Hof zu stehen. Vor den Augen aller haben sie uns blossgestellt. Auch der Direktor verspottete uns. Ich fühlte mich machtlos, hilflos und ausgeliefert. Ich versuchte zu fliehen und lief von Luzern bis ins Toggenburg, wo ich letztlich von Polizisten gestoppt wurde. Auf dem Posten erzählte ich jedes Detail. Doch sie brachten mich zurück in die Anstalt. Dort wurde ich verprügelt und für zehn Tage in eine Kammer gesperrt, ohne Schreibzeug, ohne Bücher. Ich hatte nichts. Ausser weissen Streifen an den Hosen, damit jeder wusste, woher ich kam.

1944 publizierte ein Reporter einen Bericht über den Sonnenberg. Medienskandal. Der Direktor trat zurück. Ich war elf Jahre alt, als ich erneut von der Vormundschaft abgeholt wurde. Wie es mir ging, wollte niemand wissen. Es folgten weitere Kinderheime und Bauernhöfe in unterschiedlichen Kantonen. Zu all dem hinzu kam noch der Firmunterricht. Der Pfarrer versuchte eines Tages meine Hose runterzureissen. Ich konnte fliehen. Später erfuhr ich, dass er alle Pfadi-Jungs missbraucht hatte. Viele in diesen Kreisen wussten Bescheid, doch es wurde unter den Teppich gekehrt.

Als Volljähriger wurde ich aus der Vormundschaft entlassen. Mit der Warnung, dass die Strafanstalt Tessenberg nicht weit weg wäre, wenn ich mich nicht benehmen würde, «wie man sollte». Ich ging nach Engelberg und fand dort einen Job. Schritt für Schritt musste ich mich im Erwachsenenleben zurechtfinden. Meine Mutter besuchte ich ein einziges Mal. Unangemeldet. Sie hatte Besuch und schickte mich fort. Später hatte ich sporadisch Kontakt.

In dieser ganzen Zeit gaben mir Bücher Halt. Diese bekam ich von einem Ehepaar aus Engelberg. Das Lesen hat mir das Tor zur Welt geöffnet, war meine grosse Liebe. Und dann lernte ich meine Frau kennen: ein wunderbarer Mensch. Sie zeigte mir, was es heisst, zu leben und glücklich zu sein, ein Zuhause zu haben und sich geborgen zu fühlen. Geborgenheit, ein Gefühl, das mir bis dahin fremd war. Heute ist sie für mich das höchste Gut.

STEPHANIE, 35
15. OKTOBER 2015, HOLLYWOOD, LOS ANGELES

Ich habe den Reset-Knopf gedrückt, meinen Besitz verkauft, bin ins Flugzeug gestiegen und fing von vorne an. Ich war dreissig, und musste mein Leben komplett neu gestalten.

Von klein auf führte ich ein Vagabundenleben. Zwanzig Mal musste ich als Kind umziehen, immer wieder neue Freunde finden. Ein fixes Zuhause kannte ich nicht. Ich habe kein Kinderzimmer, das mich an früher erinnert. Meine Eltern gewöhnten sich an keinen Ort. Sie gewöhnten sich nicht einmal an mich – ich war ein Unfall.
Sie gaben mir alles – ausser Liebe. Sie ermöglichten mir die beste Ausbildung und bezahlten mir teure Markenklamotten. Was ich von Herzen wollte, war einfach nur kreativ sein, musizieren und singen. Doch meine Träume waren meinen Eltern egal. Ich hatte zu sein, wie sie es von mir erwarteten. So strebte ich nach den Wünschen und Zielen, die andere für mich definierten.

Früher dachte ich, dass ich mit dreissig verheiratet und Mutter sein würde. Ich würde mit beiden Beinen im Leben stehen und glücklich sein. Doch dann ging meine Beziehung in die Brüche, mein Mietvertrag wurde gekündigt. Ich arbeitete sechzehn Stunden täglich und hatte seit sieben Jahren keine Ferien mehr gehabt. Ich war am Limit und mir selbst total fremd. Schliesslich erlitt ich einen Nervenzusammenbruch.
Ich hatte genug und wollte mein Leben erneut über den Haufen werfen. Dieses Mal jedoch freiwillig und so richtig. Ich sah es als Chance, um endlich das zu tun, was ich schon immer wollte: ausbrechen. Meine Freunde hielten mich für total durchgeknallt, meinten, ich hätte nun vollkommen den Verstand verloren. Innerhalb von drei Monaten verkaufte, verschenkte und spendete ich meinen Besitz. Möbel, Schmuck und über fünfhundert Designerkleider. Mit jedem Stück, das ich loswurde, gewann ich ein bisschen Freiheit. Ich buchte Flüge nach Europa, Asien und Südamerika. Zwölf Monate, dreizehn Länder und dreiunddreissig Städte. Ich entdeckte die Welt, befasste mich mit fremden Kulturen und lernte viele Menschen kennen. Ich hatte weder Verpflichtungen noch Erwartungen, denen ich gerecht werden musste. Ich lachte, lebte und schloss neue Freundschaften.
Als ich wieder das Bedürfnis hatte, mich irgendwo niederzulassen, war die Vorstellung, Dinge zu kaufen, unglaublich beengend. Alles, was ich brauchte, war ein Dach über dem Kopf und ein Bett zum Schlafen.

Heute, fünf Jahre später, habe ich noch immer nur das Allernötigste. Ich wohne in einer einfachen Wohnung und definiere mich nicht mehr über meinen Besitz. Nichts davon hat meinem Leben je einen besonderen Wert gegeben oder mich glücklich gemacht. Die Wertsachen, die ich heute besitze, haben alle einen persönlichen Wert.
Was zählt, ist, glücklich zu sein. Das steht nun im Vordergrund. Und endlich gehe ich meinen Träumen nach: Ich arbeite in der Pharmabranche, schreibe an einem Buch, lerne Ukulele und nehme Gesangsunterricht. Ich habe zu mir selbst gefunden, und dieses Gefühl möchte ich für kein Geld der Welt mehr hergeben.

ANDREW, 88

16. APRIL 2014, CHINATOWN, NEW YORK

Meine Frau lehrte mich, spontan, wild und ungezwungen zu sein. Sie zeigte mir die verrückte Welt in Las Vegas, führte mich durch die schönsten Casinos und offenbarte mir die abenteuerliche Seite des Lebens.

Alles war wunderbar. Wir versuchten jeden Moment voll auszukosten. Denn wie meine Frau immer sagte: «Wir haben nur dieses eine Leben.» Mehrmals jährlich reisten wir von New York nach Las Vegas. Diese Stadt war Liebe auf den ersten Blick.

Wir kauften Liegenschaften in ganz Las Vegas. Durch den Weiterverkauf oder die Vermietung der Wohnungen konnten wir uns ein derart luxuriöses Leben leisten, bereits mit achtundvierzig Jahren gingen wir in Rente. Das war 1975. Danach waren wir viel unterwegs und entdeckten zusammen die Welt. Überall lernten wir interessante Menschen kennen und hatten unheimlich viel Spass. Dabei war ich nicht immer der Einfachste, doch sie akzeptierte mich mit all meinen Macken. Unstimmigkeiten schafften wir in Kürze aus der Welt, indem wir offen über alles redeten.

Meine Frau war meine beste Freundin, meine Liebhaberin und die treuste Weggefährtin. Vor fünf Jahren ist sie gestorben. Für mich war immer klar, dass sie mich überleben wird. Denn sie war das Energiebündel, das sich von nichts und niemandem aufhalten liess. Von einem auf den anderen Moment war ich auf mich alleine gestellt. Das war hart.

In jeder Ecke der Wohnung, auf jeder Parkbank und jedem Regal im Supermarkt steckten Erinnerungen. Der Platz neben mir im Bett war auf einmal leer. Die Abendessen in unserer Wohnung wurden einsam und die täglichen Spaziergänge langweilig. Unser gemeinsames Leben ist vorbei. Doch ich höre sie heute noch sagen: «Das Leben ist da, um es bis zur letzten Sekunde zu geniessen.» Das werde ich. Und wenn diese da ist, weiss ich, dass wir wieder vereint sein werden.

GUÉNOLA, 26
3. NOVEMBER 2016, STELLENBERG, KAPSTADT

Meine Mutter war der tollste Mensch im Universum. Sie war eine starke Persönlichkeit, die ihr Leben ganz allein gemeistert hatte. Meinen Vater verliess sie, als ich zwei Jahre alt war. Für ihn war ich inexistent. Meine einzige männliche Bezugsperson war mein Grossvater. Ihn liebte ich über alles. Doch fünf Jahre später verliess er uns. Er erschoss sich in seinem Haus. Erst viel später erfuhr ich, dass er meine Mutter während ihrer Kindheit missbraucht hatte. Meine Welt fing an zu bröckeln.

Ich verwandelte mich in ein Partytier, impulsiv und exzessiv. Als wäre Alkohol nicht genug, begann ich Meth zu konsumieren. Mit zwanzig wurde ich drogenabhängig. Meinen Schmerz konnte ich so zwar unterdrücken, doch ich weckte meine inneren Dämonen. Ich wurde ein Monster: unberechenbar, aggressiv und gewalttätig. Sogar gegenüber meiner Mutter. Einmal packte ich ihren Arm, schleuderte sie gegen die Wand – und handelte gegen meine eigene Moral. Reue und Scham sind die schlechtesten Freunde der Sucht. Ich konsumierte noch mehr Drogen, um das Geschehene zu vergessen.
Dass ich meine Mutter so behandelt habe, werde ich mir nie verzeihen. Sie und ich, wir waren unzertrennlich: wir zwei gegen den Rest der Welt. Doch sie war wütend und besorgt und schickte mich in eine Entzugsklinik. Ich musste lernen, mich zu öffnen und meine innersten Gefühle mit fremden Menschen zu teilen. Das fühlte sich irgendwann gut an. Doch kurz nachdem ich clean aus der Klinik gekommen war, war wieder alles beim Alten: Ich war überall nur «die Drogenabhängige». Von jeder Seite wurde ich verurteilt, ich war unter ständiger Beobachtung.
Einen Monat nach meinem Entzug musste meine Mutter ins Spital. Die Ärzte hatten Tumore in ihrem Gehirn, ihrer Lunge und ihrem Bauch entdeckt. Ihr Körper war voll von Krebszellen. Ich hörte in ihrer Stimme, dass sie sterben würde. In diesem Moment waren meine Gefühle wie betäubt. Ich weiss nicht einmal, ob ich überhaupt etwas gefühlt habe. Ich hätte jemanden gebraucht, der für mich da war, mich von den Drogen fernhielt. Doch ich war alleine – und erlitt einen Rückfall.

Meine Mutter war wunderschön. Sie war ein Energiebündel, eine Lebefrau. Sie konnte mir ein Gefühl von Sicherheit vermitteln und lehrte mich, mein Leben in vollen Zügen zu geniessen. Sie sagte mir immer, dass das Leben zu kurz sei, um nicht von Schönem umgeben zu sein. Sie legte grossen Wert darauf, dass alles um sie herum schön war. Meine Mutter war alles, was ich hatte. Und nun sollte sie für immer gehen.
Sie entschied sich, zu Hause zu sterben. Als sie das Spital verliess, konnte sie bereits nicht mehr gehen. Und mit jedem Tag verschlechterte sich ihr Gesundheitszustand. Ich kümmerte mich um sie und legte mich nachts neben sie ins Bett. Ich spürte, wie sie langsam von mir ging. Bis sie am 17. Februar 2014 eine Minute nach Mitternacht starb. Es war so typisch: Meine Mutter, die Perfektionistin. Sie hat gewartet, bis ein neuer Tag beginnen konnte.

In den letzten Momenten ihres Lebens war ich auf Meth. Ich funktionierte ganz normal, niemand bemerkte es. Das Schlimmste war, dass ich mich selbst nicht mehr spürte. Ich war zugedröhnt, als ich meine Mutter das letzte Mal umarmte. Ich war sogar zugedröhnt, als sie starb. Ich kann nicht fassen, dass ich für sie nicht clean bleiben konnte. Sie war der wichtigste Mensch in meinem Leben. Die Einzige, die mich verstand. Nun blieb ich alleine zurück, und ich fühlte mich einsamer als je zuvor. Es war Nahrung für meine Sucht – die lebt von solchen Tiefschlägen.
Ich fragte meinen Vater, ob er zur Beerdigung komme. Wie sehr hätte ich jemanden gebraucht, der meine Hand hielt. Er kam, doch kurze Zeit später ging er wieder, um mit seiner Frau essen zu gehen. Erneut liess er mich im Stich.

Niemand hörte mir zu, niemand fragte mich, wie es mir geht. Niemand war für mich da. In solchen Situationen wissen viele nicht, wie sie reagieren sollen. Menschen haben Berührungsängste und fürchten sich, falsche Fragen zu stellen. Doch gibt es das überhaupt, falsche Fragen? Im Moment, in dem ich am meisten jemanden gebraucht hätte, wurde ich alleingelassen.

JOHN, 46

Ich war einundzwanzig Jahre alt, als mir mein Arzt sagte, ich sei unheilbar krank. Leukämie. Der Krebs würde mich in etwa zwei Jahren getötet haben. Die Diagnose erhielt ich an einem Sommertag vor meiner Abreise nach Spanien. Ich wollte mit Freunden nach Ibiza, um zu feiern. Dies konnte ich nun vergessen.

Die Chemotherapie sei meine einzige Chance, sie könne meine Lebenserwartung vielleicht verlängern, sagte man mir. Doch wieso sollte ich meinem Körper Gift verabreichen? Ich fühlte mich doch kerngesund.

Vielleicht aus Verzweiflung – wahrscheinlich, um zu fliehen und dem Unvermeidlichen zu entkommen – setzte ich mich auf mein Motorrad und fuhr los in Richtung Arizona. Ziellos und innerlich taub. Ich fuhr über dreitausend Kilometer weit, bis mein Motorrad den Geist aufgab. Dann ging ich zu Fuss weiter. Links oder rechts – ich folgte einfach meiner Intuition.

Einige Kilometer weiter in einer kleinen Stadt blieb ich vor einer Hauseinfahrt stehen. Da stand diese Frau, die mich anstarrte. «Kann ich helfen?» – «Mir ist nicht mehr zu helfen!», antwortete ich. Unerwarteterweise fragte sie mich, ob ich wisse, wie man koche. Sie bat mich in ihr Haus und lud mich ein, auf ihrem Grundstück zu bleiben. Sedona, so der Ort, hatte etwas unfassbar Mystisches. So kochte ich uns ein italienisches Abendessen – und wir kamen ins Gespräch.

Lynn war wie ich in New York aufgewachsen. Sie lebte als Hippie und fand ihre Bestimmung in diesem spirituellen Gebiet. Ich erzählte ihr meine Geschichte: Wie mein Vater mich in seine Fussstapfen zwingen wollte – er war ein erfolgreicher Agent der DEA, der Rauschgiftbehörde. Dass meine geliebte Mutter zwei Jahre zuvor, am Muttertag, völlig unerwartet gestorben sei. Sie klappte einfach in der Dusche zusammen und war tot. Aus Trauer und Wut begann ich, ein ungesundes Partyleben zu führen, Drogen zu nehmen,

auszubrechen. Ich erzählte Lynn, dass ich gerade habe nach Spanien fliegen wollen; doch schliesslich vom Krebs aufgehalten worden sei.

«Wie wäre es, wenn ich dir helfe, dich zu heilen, ohne Chemotherapie und Bestrahlung?» Lynn sprach von einer Kur, die eine natürliche Heilung durch Fasten, Entgiften und Meditation mit sich bringen würde. Ich nahm ihr Angebot an und zog bei ihr ein, schliesslich hatte ich nichts zu verlieren.

Ich begann zu fasten: Vorerst vier Wochen nur Wasser und Früchte, später ass ich über mehrere Tage gar nichts. Ich lernte, zu meditieren und mich aufs Positive zu fokussieren. Dann machte ich eine Schwitzkur. Die diente der Reinigung meines Körpers und der Heilung meiner Erkrankung. Später begab ich mich auf Visionssuche. Diese Methode wenden auch indigene Völker an, um durch einen halluzinogenen Zustand Kontakt zu einem Schutzgeist aufzunehmen. Durch das Fasten, die Schwitzkur, die Einsamkeit in der Natur und schliesslich den nächtelangen Schlafentzug gelangte ich in einen anderen Bewusstseinszustand. Ich konnte eine Sternenkonstellation erkennen, die mich im Kampf gegen den Krebs zeigte. Ich sprach zu meinem Schutzgeist und sagte ihm, dass ich den Krebs besiegen und er nie mehr zurückkommen werde. Ich visualisierte meine Zukunft und schloss mit dem Geist einen Pakt.

Was mit mir während dieser Zeit passierte, war magisch. Lynn und ihre fünf Jahre alte Tochter waren während dreizehn Monaten an meiner Seite. Sie unterstützten mich, schenkten mir Hoffnung, Kraft und gaben mir Stück für Stück mein Leben zurück. Mit jeder Woche fühlte ich mich stärker und merkte, wie sehr sich meine Sichtweise auf meine Gesundheit und mein Leben durch den tiefen Glauben an diesen Pakt veränderte. Ich wurde geheilt, ganz ohne Chemie.

MARGRIT, 100

Ich bin hundert Jahre alt und fühle mich wie der glücklichste Mensch auf Erden. Ich hatte das, wovon viele träumen: ein perfektes Leben.

Mit der Geburt bekommt jeder sein Drehbuch. Jeder ist sein eigener Regisseur. Meine Mutter lehrte mich schon früh, mein eigenes Leben zu leben und dabei glücklich zu sein. Mein Leben sollte Spass machen. Richtig ernst habe ich es nie genommen. Ich habe viel gelacht und die Momente voll ausgekostet. Ich habe mich durch die Schule geschummelt – das war früher noch einfach – und später mein Jusstudium abgebrochen. Durch meinen Job in einem Musikgeschäft lernte ich viele spannende Persönlichkeiten kennen. Und an einen Skitag in Davos erinnere ich mich besonders gut: Ich sah einen Mann in einem Liegestuhl und dachte mir: «Der ist so hässlich, dass ich mich verlieben könnte.» Er freute sich über mein Lächeln, und wir kamen in Kontakt. Sein Name war Albert Einstein.

Meine Mutter hat mich aber auch gelehrt, an andere zu denken. Sie zündete jede Nacht eine Kerze an und betete mit mir. Für die Familie, für Freunde und diejenigen, die es nicht so gut hatten wie wir. Ein Ritual, das ich heute noch pflege. Ich wünschte mir, dass das Glück fair verteilt wird. Meines durfte ich mit all den Menschen teilen, die ich geliebt habe.

In meinem Leben habe ich mir jeden Wunsch erfüllt: Ich habe geheiratet, ein Haus gebaut und dort mit meinem Mann und meinen Kindern gelebt. Mit fünfundsiebzig erbte ich über eine Million. Viel Geld zu haben, ist bei uns Wohlstand. Doch was bedeutet der, wenn man alleine durchs Leben geht? Ich schenkte alles meiner Familie, jeden einzelnen Rappen, und schickte meine Enkel um die Welt. Eine Familie zu haben und zu wissen, dass es Menschen gibt, die einem den Rücken stärken, das ist wahrer Reichtum.

Ich vergesse oft, wie alt ich bin. Meine Zeit läuft ab, doch Angst vor dem Sterben habe ich keine. Mir war von Anfang an klar, dass ich irgendwann gehen muss. Trotzdem: Wenn ich wählen könnte, würde ich ewig weiterleben wollen. Ich mag das Leben. Und ich wüsste gerne, was aus meinen Urenkeln wird und wie sich die Welt verändert. Doch so ist es nun mal; die Alten müssen die Erde verlassen, um Platz für Junge zu machen.

Dem Tod bin ich schon oft begegnet. Ich habe viele Menschen sterben sehen. Von einigen durfte ich mich verabschieden. Ich konnte ihnen noch sagen, dass ich sie liebe. Das hat mir den Abschied enorm erleichtert. Der Tod ist schmerzhaft, doch man muss den Sinn dahinter sehen, denn alles, was kommt, bringt Positives mit sich. Auch wenn es nicht immer leicht zu finden und das Leben oft schwer zu verstehen ist.

Geniesse das Leben zu jeder Stunde. Lache. Sei fröhlich. Erfinde etwas und behaupte dich. Glaube an das Unmögliche. Hab Freude daran. Wenn ich noch jung wäre, würde ich die Bäume hochklettern. Träume! Denn das Leben kann ein Traum sein.

Was hat dich im Leben
am meisten geprägt?

Wir sind Freunde fürs Leben. Freunde, die seit mehr als zehn Jahren Idee um Idee zusammen verwirklichen. Mal wild und laut, mal bedacht und leise. Grenzenlos, denn nichts ist unmöglich. Uns interessiert das Leben, die Realität, der Mensch.
Die eine sorgt für gutes Licht, die andere drückt ab. Die eine schreibt, die andere recherchiert. Gemeinsam möchten wir Menschen einander näherbringen und Verbundenheit schaffen.

Sandra Schmid, geboren im Aargau, seit einigen Jahren total verliebt in Zürich. Und dennoch immer mal wieder auf Reisen. Mag es, in neue Kulturen einzutauchen, die Küche fremder Länder zu geniessen und ab und an ins Meer zu springen. Perfektionistisch bei der Arbeit und fasziniert von schönen Dingen – Kunst, Design, Fotografie, Film. Ein scharfes Auge für Details. Sei es als Video-Editorin beim Fernsehen oder als selbständige Grafikerin. Hat viele Träume und Ideen. Möchte am liebsten alle gleichzeitig verwirklichen. Mag Zahlen und Grammatik genauso sehr wie Nonsens. Ungezwungen, abenteuerlich, leidenschaftlich, lustig und spontan soll das Leben sein. Manchmal auch traurig – das gehört dazu. Rauslassen, tanzen und frei sein. Das Leben mit anderen Menschen zu teilen, ist das Grösste.

Sandra Bühler, halb Schweizerin, halb Seychelloise. Luzernerin mit dem Herzen in Zürich. Liebt es, die Vielfalt dieser Welt zu entdecken, bevorzugt aber klar die warmen Orte. Palmen, Strand und Meer. Schätzt die Kulinarik, nur Fisch kommt ihr nicht auf den Teller. Diese betrachtet sie lieber unter Wasser beim Tauchen. Mag die Ruhe, doch ist süchtig nach Musik. Singt lauthals unter der Dusche und haut gerne in die Klaviertasten. Etwa so schwungvoll, wie sie beim Tennis auf den gelben Filzball schlägt. Oder wie sie mit ihren Händen gestikuliert, während sie von den vielen Abenteuern erzählt. Vielseitig, spontan, verrückt und für jeden Spass zu haben. Manchmal etwas chaotisch. Und doch immer fokussiert. Hantiert mit der Kamera, fotografiert, produziert Videos und kreiert nebenbei Grafikdesign. Hauptsache kreativ.

«Wenn du es erträumen kannst, kannst du es auch erreichen.» Walt Disney

Was als Traum angefangen hat, wurde Wirklichkeit. Wir haben fremde Menschen auf der Strasse angesprochen und über Stiftungen und Organisationen nach Zeitzeugen gesucht. An den unterschiedlichsten Orten haben wir berührende, inspirierende, prägende, tiefgründige, traurige und auch lustige Momente erleben dürfen.
Entstanden ist ein Buch, das Hoffnung, Mut und Inspiration schenken soll. Dank den vielen Menschen, die an uns und unser Projekt geglaubt, uns verstanden, motiviert, inspiriert und unterstützt haben, wurde dies erst möglich.

Von Herzen Danke

Ganz speziell erwähnen möchten wir

alle Menschen, die uns grösstenteils nicht einmal kannten, uns aber ihre Welt offenbarten und mit ihren Geschichten ein wertvoller Teil unseres Buches wurden.

Eliane Huonder, unsere treue Freundin und grosse Unterstützung. Von Anfang an bist du uns zur Seite gestanden, du warst auf vielen Reisen mit dabei, hast uns motiviert und uns Kraft gegeben. Du bist ein unverzichtbarer Teil dieses Projektes.

Madlaina Lippuner, unsere Perle im Wörtermeer. Deine konstruktiven Feedbacks, deine Korrekturen und klugen Kommentare haben unser Buch enorm mitgeprägt. Du bist ein wahrhaftes Genie.

Christian Walthert, unser Fels in der Brandung. Du warst uns eine wichtige Unterstützung während der gesamten Zeit. Deine Anmerkungen zu den Geschichten, deine Geduld und dein Verständnis sind unbezahlbar. Du bist grossartig.

Bea Jucker und Helen Butcher, unsere stillen Helden im Hintergrund. Danke für eure wertvolle Mithilfe.

Martina Frei und Benita Schnidrig, Stämpfli Verlag. Ihr habt an uns geglaubt, uns Vertrauen entgegengebracht und uns in allen Belangen unterstützt. Danke für die schöne Zusammenarbeit.

unsere Freunde und Familien. Danke für euer Verständnis für unsere häufige Abwesenheit, die vielen aufmunternden und motivierenden Worte und die spürbare Unterstützung. Wir sind überglücklich, dass wir euch haben.

Ein herzlicher Dank geht auch an

die Kulturförderer für ihren finanziellen Zuschuss
Susanne und Martin Knechtli-Kradolfer-Stiftung
Kulturdünger
Zonta Club Luzern Landschaft
Familie Remo und Ekaterina Weibel

alle Stiftungen und Organisationen für die Kontaktvermittlungen
World Trade Center Survivors' Network
Witness to Innocence
The American Legion Post 43
Esperanza Social Venture Club
Hope Cape Town, Kerstin Behlau
Gamaraal Foundation, Anita Winter
Verein Kleinwüchsiger Menschen Schweiz
Caritas Schweiz

IMPRESSUM

Bibliografische Information der Deutschen Nationalbibliothek: www.dnb.de

© Stämpfli Verlag AG, Bern, www.staempfliverlag.com · 2018
3. Auflage, 2019

Texte	Sandra Schmid
Bilder	Sandra Bühler und Sandra Schmid
Lektorat	Benita Schnidrig, Stämpfli Verlag AG, Bern
	Madlaina Lippuner, Zürich
Layout	Sandra Bühler und Sandra Schmid, crealicious.ch, Zürich
Herstellung	Stämpfli AG, Bern

ISBN 978-3-7272-6007-0

Printed in Switzerland